大家小书·悦读经典

当一代大家不再璀璨于世,阅读才是最好的纪念。

大家小书 | The Master Pieces

The Waxberries of
Hometown

故乡的杨梅

王鲁彦 著

北京理工大学出版社
BEIJING INSTITUTE OF TECHNOLOGY PRESS

版权专有　侵权必究

图书在版编目（CIP）数据

故乡的杨梅 / 王鲁彦著. —北京：北京理工大学出版社，2019.2

ISBN 978-7-5682-6558-4

Ⅰ.①故… Ⅱ.①王… Ⅲ.①散文集－中国－现代 Ⅳ.①I266

中国版本图书馆 CIP 数据核字（2018）第 296439 号

出版发行 / 北京理工大学出版社有限责任公司		
社　　址 / 北京市海淀区中关村南大街 5 号		
邮　　编 / 100081		
电　　话 / （010）68914775（总编室）		
（010）82562903（教材售后服务热线）		
（010）68948351（其他图书服务热线）		
网　　址 / http：//www.bitpress.com.cn		
经　　销 / 全国各地新华书店		
印　　刷 / 北京富诚彩色印刷有限公司		
开　　本 / 787 毫米×1092 毫米　1/32	责任编辑 / 马永祥	
印　　张 / 7.5	出版统筹 / 王　丹	
字　　数 / 82 千字	责任校对 / 周瑞红	
版　　次 / 2019 年 2 月第 1 版	责任印制 / 施胜娟	
2019 年 2 月第 1 次印刷	装帧设计 / 杨明俊	
定　　价 / 40.00 元	插画 / 冰河插画工作室	

图书出现印装质量问题，请拨打售后服务热线，本社负责调换

存在意念中的思乡的蛊惑

鲁迅是中国乡土文学的创立者和集大成者,后继的人则当数王鲁彦,连鲁迅都称赞他为"一代乡土文学的作家"。

王鲁彦,原名王衡,浙江镇海人。和很多同时期的作家相比,鲁彦没有受到特别系统的教育,仅仅在家乡读过高小。1920年,他参加李大钊、蔡元培创办的工读互助团,到北京旁听北京大学的课程,其中就有鲁迅的《中国小说史略》。1923年之后，到湖南长沙平民大学、周南女学和第一师范等陆续任教，开始自己的小说创作。1927年至1930年，先后在湖北《民国日报》、南京国民政府国际宣传部、福建《民钟日报》等机构任职。其后，又在福建、上海、山西等地的中学任教，这段时间也是他的创作丰富期。1944年，担任中华全国文艺界抗敌协会桂林分会主席的鲁彦，由于贫病交加逝于桂林，引起巨大反响，远在重庆的周恩来就曾发过唁电。

王鲁彦的主要创作成就是小说，代表作有《柚子》《黄金》《野火》(又名《愤怒的乡村》)《童年的悲哀》《小小的心》《屋顶下》《河边》《伤兵旅馆》和《我们的喇叭》等。他的小说大多以江南小镇为背景，描摹了半殖民地化的浙东地区农村的人情世态。茅盾评价鲁彦的小说，成功地表现了"乡村小资产阶级的心理，和乡村的原始式的冷酷"。

除了小说之外，最能够折射一个作家内心的，就是言为心声的散文。长期背井离乡，无穷无尽的乡思离愁,萦绕不去的故乡生活和儿童时期的回忆,这些在鲁彦的脑海中浮现、交织,沉淀并且酝酿,终于变得像美酒一样醇厚醉人。到河滨水上钓鱼的趣味和生动,清明节乘船游山的急切和畅快,一把胡琴所拉奏出来的悠扬和凄凉,更不用说还有那生在枝头上、被春雨所滋润过、酸酸甜甜教人口齿生津的故乡的杨梅。

《故乡的杨梅》很早就被选入教科书当中,另外鲁彦的《听潮》也让无数人领略过大海的调皮、温婉,以及暴躁和壮阔的美感。本书则将鲁彦的多数散文名篇选入其中,让读者更全面地感受浙东农村、乡间田野的生活之美。而无论成长到多大,那最具蛊惑的永远是对于家乡和童年的思念。

大家小书 | 故乡的杨梅

目 录

1 —— 故乡的杨梅

10 —— 钓鱼——故乡随笔

32 —— 雪

41 —— 我们的学校

57 —— 清明

68 —— 旅人的心

81 —— 母亲的时钟

96 —— 童年的悲哀

139 —— 食味杂记

145 —— 秋雨的诉苦

148 —— 我们的太平洋

161 —— 狗

172 —— 听潮的故事

190 —— 孩子的马车

201 —— 火的记忆

故乡的杨梅

过完了长期的蛰伏生活,眼看着新黄嫩绿的春天爬上了枯枝,正欣喜着想跑到大自然的怀中,发泄胸中的郁抑,却忽然病了。

唉,忽然病了。

我这粗壮的躯壳,不知道经过了多少炎夏和严冬,被轮船和火车抛掷过多少次海角与天涯,尝受过多少辛劳与艰苦,从来不知道颤栗或疲倦的呵,现在却呆木地躺在床上,不能随意地转侧了。

尤其是这躯壳内的这一颗心。它历年可是铁一样的。对着眼前的艰苦,它不会畏缩;对着未来的憧憬,它不肯绝望;对着过去的痛苦,它不愿回忆的呵。然而现在,它却尽管凄凉地往复地想了。

唉,唉,可悲呵,这病着的躯壳的病着的心。

尤其是对着这细雨连绵的春天。

这雨,落在西北,可不全像江南的故乡的雨吗?细细的,丝一样,若断若续的。

故乡的雨,故乡的天,故乡的山河和田野……还有那蔚蓝中衬着整齐的金黄的菜花的春天,藤黄的稻穗带着可爱的气息的夏天,蟋蟀和纺织娘们在濡湿的草中唱着诗的秋天,小船吱吱地触着沉默的薄冰的冬天……还有那熟识的道路,还有那亲密的故居……

不,不,我不想这些,我现在不能回去,而且是病着,我得让我的心平静;恢复我过去的铁一般的坚硬,告诉自己:这雨是落在西北,不是故乡的雨——而且不像春天的雨,却像夏天的雨。

不要那样想吧,我的可怜的心呵,我的头正像夏天的烈日下的汽油缸,将要炸裂了,我的嘴唇正干燥得将要迸出火花来了呢。让这夏天的雨来压下我头部的炎热,让……让……

唉,唉,就说是故乡的杨梅吧……它正是在类似这样的雨天成熟的呵。

故乡的食物,我没有比这更喜欢的了。倘若我爱故乡,不如就说我完全是爱的这叫做杨梅的果子吧。

呵,相思的杨梅!它有着多么惊异的形状,多么可爱的颜色,多么甜美的滋味呀。

它是圆的,和大的龙眼一样大小,远看并不稀奇,拿到手里,原来它是满身生着刺的哩。这并非是它的壳,这就是它的肉。不知道的人,一定以为这满身生着刺的果子是不能进口的了,否则也须用什么刀子削去那刺的尖端的吧?然而这是过虑。它原来是希望人家爱它吃它的。只要等它渐渐长熟,它的刺也渐渐软了,平了。那时放到嘴里,软滑之外还带着什么感觉呢?没有人能想得到,它还保存着它的特点,每一根刺平滑地在舌尖上触了过去,细腻柔软而且亲切——这好比最甜蜜的吻,使人迷醉呵。

颜色更可爱呢。它最先是淡红的,像娇嫩的婴儿的面颊,随后变成了深红,像是处女的害羞,最后黑红了——不,我们说它是黑的。然而它并不是黑,也不是黑红,原来是红的。太红了,所以像是黑。轻轻地啄开它,我们就看见了那新鲜红嫩的内部,同时我们已染上了一嘴的红水。说它新鲜红嫩,有的人也许以为一定像贵妃的肉色似的荔枝吧?嗳,那就错了。荔枝的光色是呆板的,像玻璃,像鱼目;杨梅的光色却是生动的,像映着朝霞的露水呢。

滋味吗?没有十分成熟是酸带甜,成熟了便单是甜,这甜味可决不使人讨厌,不但爱吃甜味的人尝了一下舍不得丢掉,就连不爱吃甜味的人也会完全给它吸引住,越吃越爱吃。它是甜的,然而又依然是酸的,而这酸味,我们须待吃饱了杨梅以后,再吃别的东西的时候,才能领会得到。那时我们才知道自己的牙齿酸了,软了,连豆腐也咬不下了,于是我们才恍然悟

到刚才吃多了酸的杨梅。我们知道这个,然而我们仍然爱它,我们仍须吃一个大饱。它真是世上最迷人的东西。

唉,唉,故乡的杨梅呵!

细雨如丝的时节,人家把它一船一船地载来,一担一担地挑来,我们一篮一篮地买了进来,挂一篮在檐口下,放一篮在水缸盖上。倒上一脸盆,用冷水一洗,一颗一颗地放进嘴里,一面还没有吃了,一面又早已从脸盆里拿起了一颗,一口气吃了一二十颗,有时来不及把它的核一一吐出来,便一直吞进了肚里。

"生了虫呢……蛇吃过了呢……"母亲看见我们吃得快,吃得多,便这样地说了起来,要我们仔细地看一看,多多地洗一番。

但我们并不管这些,它成了我们的生命,我们越吃越快了。

"好吃,好吃。"我们心里这样想着,嘴里却没有余暇说话。待肚子胀上加胀,胀上加胀,眼看着一脸盆的杨梅吃得一颗也不留,这才呆笨地挺着肚子,走了开去,叹气似的嘘出一声"咳"来……

唉,可爱的故乡的杨梅呵!

一年,二年……我已有十六七年不曾尝到它的滋味了。偶而回到故乡,不是在严寒的冬天,便是在酷热的夏天,或者杨梅还未成熟,或者杨梅已经落完了。这中间,曾经有两次,在异地见到过杨梅,比故乡的小,比故乡的酸,颜色又不及故乡的红。我想回味过去,把它买了许多来。

"长在树上,有虫爬过,有蛇吃过呢……"

我现在成了大人,有了知识,爱惜自己的生命甚于杨梅了。我用沸滚的开水去细细地洗杨梅,觉得还不够消除那上面的微菌似的。

于是它不但不像故乡的,而且简直不是杨梅了,我只尝了一二颗,便不再吃下去。

最后一次,我终于在离故乡不远的地方见到了可爱的故乡的杨梅。

然而又因为我成了大人,有了知识,爱惜自己的生命甚于杨梅,偶然发现一条小虫,也就拒绝了回味的欢愉。

现在我的味觉也显然改变了,即使回到故乡,遇到细雨如丝的杨梅时节,即使并不害怕从前的那种吃法,我的舌头应该感觉不出从前的那种美味了,我的牙齿应该不能像从前似的能够容忍那酸性了。

唉,故乡离开我愈远了。

我们中间横着许多鸿沟。那不是千万里的山河的阻隔,那是……

唉,唉,我到底病了。我为什么要想到这些呢?

看呵,这眼前的如丝的细雨,不是若断若续地落在西北的春天里吗?

钓 鱼
——故乡随笔

秋天早已来了,故乡的气候却还在夏天里。

那些特殊的渔夫,便是最好的例证。

那是一些十岁以上十六岁以下的男女孩子,和十六岁以上的青年以及四五十岁的将近老年的男子。他们像埋伏的哨兵似的,从村前到村后,占据着两道弯弯曲曲的河岸。孩子们五六成群地多在埠头上蹲着,坐着，或者伏着，把头伸在水面上，窥着水中石缝间的鱼虾。他们的钓竿是粗糙的，短小的，用细小的黄铜丝做的小钩，小钩上串着黑色的小蚯蚓，用鸡毛做浮子，用细线穿着。河虾是他们惟一的目的物。有时他们的头相碰了，钓线和钓线相缠了，这个的脚踢翻了那个的虾盆，便互相詈骂起来，厮打起来。青年们三三两两地或站在河滩的浅处，或坐在水车尽头上，或蹲在船边，一边望着水面的浮子，一面时高时低地笑语着。他们的钓竿是柔软的，细长的，一节一节青黑相间，显得特别美丽。他们用鹅毛做浮子，用丝线穿着，用针做成钩子。钩上串着红色的大蚯蚓。鲫鱼是他们的目的物。老年人多是单独地占据一处，坐在极小的板凳上，支着纸伞或布伞，静默得像打瞌睡似的望着水面的浮子。他们的钓竿和青年们的一样，但很少像青年们那样美丽。他们的目的物也是鲫鱼。在这三种人之外，有时还有几个中年的男子，背着粗大的钓竿，每节用黄铜丝包扎着，发着闪耀的光，用粗大的弦线穿着一大串长而且粗的浮子，把弦线卷在洋纱车筒上，把车筒钉在钓竿的根上，钩子是两枚或三枚的大铁钩。用染黑的铜丝紧扎着，不用食饵。他们像巡逻兵似的，在河岸上慢慢地走着，注意着水面。那里起了泡沫，他们便把钩子轻轻地坠下去，等待鱼儿的误触。鲤鱼是他们的目的物。

说他们是渔夫，实际上却全不是。真正的渔夫是有着许多更有保证的方法捕捉鱼虾的。现在这群渔夫，大人们不过是因为闲散，青年们和孩子们因为感觉到兴趣浓厚罢了。有些人甚至不爱吃这些东西，钓上了，把它们养在水缸里。

我从前就是那样的一个渔夫。我不但不爱吃鱼，连闻到有些鱼的气息也要作呕的，河虾也只能勉强尝两三只。但我小时却是一个有名的善钓鱼虾的孩子。

我们的老屋在这村庄的中央，一边是桥，桥的两头是街道，正是最热闹的地方。河水由南而北，在我们老屋的东边经过。这里的河岸都用乱石堆嵌出来，石洞最多，河虾也最多。每年一到夏天，河水渐渐浅了，清了，从岸上可以透澈地看到近处的河底。早晨

的太阳从东边射过来,石洞口的虾便开始活泼地爬行。伏在岸上往下望,连一根一根的虾须也清晰得看得见。

这时和其他的孩子们一样,我也开始忙碌了。从柴堆里选了一根最直的小竹竿,砍去了旁枝和丫杈,在煤油灯上把弯曲的竹节炙直了,拴上一截线。从屋角里找出鸡毛来,扯去了管旁的细毛,把鸡毛管剪成几分长的五截,穿在线上,加上小小的锡块,用铜丝捻成小钩,钓竿就成功了。然后在水缸旁阴湿的泥地,掘出许多黑色的小蚯蚓,用竹管或破碗装了,拿着一只小水桶,就到墙外的河岸上去。

"又要忙啦!钓来了给谁吃呀!"母亲每次总是这样地说。

但我早已笑嘻嘻地跑出了大门。

把钩子沉在岸边的水里,让虾儿们自己来上钩,是很慢的,我不爱这样。我爱伏在岸上,把钓竿放下,不看浮子,单提着线,对着一个一个的石洞口,上下左右地牵动那串着蚯蚓的钩子。这样,洞内洞外的虾儿立刻就被引来了。它颇聪明,并不立刻就把串着蚯蚓的钩子往嘴里送,它只是先用大钳拨动着,作一次试验。倘若这时浮子在水面,就现出微微的抖动,把线提起来,它便立刻放松了。但我只把线微微地牵动,引起它舍不得的欲望,它反用大钳钩紧了,扯到嘴边去。但这时它也还并不往嘴里送,似在作第二次试验;把钩子一推一拉地动着,于是浮子在水面,便跟着一上一下地浮沉起来。我只再把线牵得紧一点,它这才把钩子拉得紧紧地往嘴里送了。然而倘若凭着浮子的浮沉,是常常会脱钩的。有些聪明的虾儿常常不把钩子的尖头放进嘴里去,它们只咬着钩子的弯角处。见到这种吃法的虾子,我便把线搓动着,一紧一松地牵扯,使钩尖正对着它的嘴巴。看见它仿佛吞进去了,但也还不能立刻提起线来,有时还须把线轻轻地牵到它的反面,让钩子扎住它的嘴角,然后用力一提,它才嘶嘶嘶地弹着水,到了岸上。

把钩子从虾嘴里拿出来,把虾儿养在小水桶里,取了一条新鲜的小蚯蚓,放在左手心上,轻轻地用右手拍了两下,拍死了,便把旧的去掉,换上新的,放把钩子沉在岸边的水里,让虾儿们自己来上钩,是很慢的,我不爱这样。

我们每天的事情大概是掘蚯蚓，掘来穿在铜丝做的小钩上，伏在河沿上去钓虾。虾是水世界里的呆子，决不惮用了自己的两个钳捧着钩尖送到嘴里去的，所以不半天便可以钓到一大碗。这虾照例是归我吃的。（鲁迅《社戏》）

下水里，第二只虾子又很快地上钩了。同一个石洞里，常常住着好几只虾子，洞外又有许多游击队似的虾儿爬行着：腹上满贮着虾子的老实的雌虾，全身长着绿苔的凶狠的老虾，清洁透明的活泼的小虾。它们都一一地上了我的钩，进了我的小水桶。

"你这孩子真会钓，这许多！"大人们望了一望我的小水桶，都这样称赞说。

到了中午，我的小水桶里已经装满了。

"看你怎样吃得了！……"母亲又欢喜又埋怨地说。

她给我在饭锅里蒸了五六只，但我照例地只勉强吃了一半，有时甚至咬了半只就停筷了。

到了第二天早晨水桶里的虾儿呆的呆了，白的白了，很少能够养得活。母亲只好把它们煮熟了，送给隔壁的人家吃。因为她和我姊姊是比我更不爱吃的。

"你只是给人家钓，还要我赔柴赔盐赔油葱！"她老是这样地埋怨我。"算了吧，大热天，坐在房子里不好吗？你看你面孔，你头颈，全晒黑啦！"

但我又早已拿着钓竿、蚯蚓，提着小水桶，悄悄地走到河边去了。

夏天一到,没有什么比这更快乐,空水桶出去,满水桶回来,一只大的,一只小的,一只雌的,一只雄的,嘶嘶嘶弹着水从河里提上来,上下左右叠着堆着。

直至秋天来到,天气转凉了,河水大了,虾儿们躲进石洞里,不大出来,我也就把钓竿藏了起来。但这时母亲却恶狠狠地把我的钓竿折成了两三段,当柴烧了。

"还留到明年吗?一年比一年大啦,明年还要钓虾吗?明年再钓虾不给你读书啦,把你送给渔翁,一生捕鱼过活!……"

我默默地不做声,惋惜地望着灶火中毕剥地响着的断钓竿。

待下一年的夏天到时,我的新钓竿又做成了:比上年的长,比上年的直,比上年的美丽,钓来的虾也比上年的多。母亲老是说着照样的话,老是把虾儿煮熟了送给人家吃。

十六岁那一年，我的钓竿突然比我身体高了好几尺。我要开始钓鱼了。

两个和我最要好的同族的哥哥，一个叫做阿成哥，一个叫做阿华哥，替我做成了钓鱼竿，竹竿、浮子、钩子、锡块，全是他们的东西，我只拿了母亲一根丝线。做这钓竿的工厂就在阿华哥的家里，母亲全不知道。直至一切都做好了，我才背着那节节青黑相间的又粗长又柔软的钓竿，笑嘻嘻地走到家里来。

"妈……"我高兴地提高声音叫着，不说别的话。

我把背在肩上的钓竿竖起来，预备放下的时候，竿梢触着了顶上的天花板，发出窸窸窣窣的声音。我仿佛觉得自己长大了许多，亲手触着了天花板似的。

这时母亲从厨房里走出来了。她惊讶地呆了许久。像喜欢又像生气地瞪着眼望了望我的钓竿，又望了望我的全身。

过了一会，她的脸色渐渐沉下，显得忧郁的样子，叹了一口气，说了："咳！十六岁啦，看你长得多么高啦，还不学好！难道真的一生钓鱼过活吗？……"

她哽咽起来,默然走进了厨房。

我给她吓了一跳,轻轻把钓竿放下,呆了半天,不敢到厨房里去见她。过了许久,我独自走到楼上读书去了。

但钓竿就在脚下,只隔着一层楼板,仿佛它时刻在推我的脚底,使我不能安静。

第二天早饭后,趁着母亲在厨房里收拾碗筷,我终于暗地里背着我的可爱的钓竿出去了。

阿华哥正拿着锄头到邻近的屋边去掘蚯蚓,我便跟了去,分了他几条。又从他那里拿了一点糠灰,用水拌湿了,走到河边,用钓竿比一比远近,试一试河水的深浅,把一团糠灰丢了下去。看着它慢慢沉下去,一路融散,在河边做了一个记号,把钓竿放在阿华哥家里,又悄悄地跑到自己的家里。

母亲似乎并没注意到钓竿已经不在家里了,但问我到哪里去跑了一趟。我用别的话支吾了开去,便到楼上大声地读了一会书。

过了一刻钟,估计着丢糠灰的地方,一定集合了许多鱼儿,我又悄悄地下了楼,溜了出去,到阿华哥家里背了我的钓竿。

这时丢过糠灰的河中,果然聚集了许多鱼儿了。从水面的泡沫,可以看得出来。它们继续不断地这里一个,那里一个,亮晶晶的珠子似的滚到了水面。单独的是鲫鱼,成群的大泡沫有着游行性的是鲤鱼,成群的细泡沫有着固定性的是甲鱼。

我把大蚯蚓拍死,串在钩子上,卷开线,往那水泡最多的地方丢了下去,然后一手提着钓竿,静静地站在岸上注视着浮子的动静。

水面平静得和镜子一样,七粒浮子有三粒沉在水中,连极细微的颤动也看得见,离开河边几尺远,虾儿和小鱼是不去的。红色的蚯蚓不是鲤鱼和甲鱼所爱吃的,爱吃的只有鲫鱼。它的吃法,可以从浮子上看出来:最先,浮子轻微地有节拍地抖了几下,这是它的试验,钓竿不能动,一动,它就走了;随后水面上的浮子,一粒或半粒,沉了下去,又浮了上来,反复了几次,这是它把钩子吸进嘴边又吐了出来,钓竿仍不能动，一动，尚未深入的钩子就从它的嘴边溜脱了；最后，水面的浮子，两三粒一起地突然往下沉了下去，又即刻一起浮了上来，这是它完全把钩子吞了进去，拖着往上跑的时候，可以迅速地把竿子提起来；倘若慢了一刻，等本来沉在水下的三粒浮子也送上水面，它就已吃去了蚯蚓，脱了钩了。

我知道这一切，眼快手快，第一次不到十分钟就钓上了一条相当大的鲫鱼。但同时到底因为初试，用力过猛了一点，使钩上的鱼儿跟着钓线绕了一个极大的圆圈，倘不是立刻往后跳了几步，鱼儿又落到水面，可就脱了钩了。然而它虽然没有落在水面，却已啪地撞在石路上，给打了个半死半活。

于是我欢喜地高举着钓竿，往家里走去。鱼儿仍在钓钩上，柔软的竿尖一松一紧地颤动着，仿佛蜻蜓点水一样。

"妈！大鱼来啦！大鱼来啦！……"我大声地叫了进去。

走到檐口，抬起头来，原来母亲已经站在我右边的后方,惊讶地望着。她这静默的态度,又使我吃了一惊,一场欢喜给她打散了一大半。我也便不敢做声,呆呆地立住了。

"果然又去钓鱼啦!……"过了一会,她埋怨说,"要是大鲤鱼上了钩,把你拖下河里去怎么办呢?……"

"那不会!拖它不上来,丢掉钓竿就是!"我立刻打断她的话,回答说。我知道她对这事并不严重,便索性拿了一只小水桶,又跑出去了。

到了吃中饭的时候,我提了满满的一桶回家。下午换了一个地方,又是一满桶。

"我可不给你杀,我从来不杀生的!"母亲说。

然而我并不爱吃,鲫鱼是带着很重的河泥气的,比海鱼还难闻。我把活的养在水缸里,半死的或已死的送给了邻居。

日子多了,母亲觉得惋惜,有时便请别人来杀,叫姊姊来烤,强迫我吃,放在我的面前,说:"自己钓上来的鱼,应该格外好吃的,也该尝一尝!要不然,我把你钓竿折断当柴烧啦！"

于是我便不得不忍住了鼻息，钳起几根鱼边的葱来，胡乱地拨碎了鱼身。待第二顿，我索性把鱼碗推开了。它的气味实在令人作呕。母亲不吃，姊姊也不吃，终于又送了人。

然而我是快活的，我的兴趣全在钓的时候。

十八岁春天，我离开家乡了。一连五六年，不曾钓过鱼，也不曾见过鱼。我把我大部分的年月消耗在干燥的沙漠似的北方。

二十四岁回到故乡，正在夏天里，河岸的两边满是一班生疏的新的渔夫。我的心突突地跳着，想做一根新的钓竿去参加，终于没有勇气。父亲母亲和周围的环境支配着我，像都告诉我说，我现在成了一个大人了，而且是一个斯文的先生，上等的人物，是不能和孩子们、粗人们一道的。只有我的十二岁的妹妹，她现在继续着我，成了一个有名的钓虾的人物，我跟着她去，远远地站着，穿着文绉绉的长衫，仿佛在监视着她，怕她滚下河去似的，望了一会，但也不敢久了，便匆遽地回到屋里。

直至夏天将尽，我才有了重温旧梦的机会。

那时我的姊姊带了两个孩子，搬到了离我们老屋五里外的一个地方，我到那里去做了七八天的客人。

她的隔壁是我的一个堂叔的家。我小的时候，这个堂叔是住在我们老屋隔壁的，和我最亲热，和我父亲最要好。他约莫比我大了十二三岁，据说我小的时候，就是他抱大的。我只记得我十一二岁的时候，还时常爬到他的身上骑呀背呀地玩。七八年前，因为他要在婶婶的娘家那边街上开店，他便搬了家。姊姊所以搬到那边去，也就是因为有他们在那里住着，可以照顾。

这时叔叔已经没有开店了，在种田，有了两个孩子。他是没有一点祖遗的产业的人，开店又亏了本。生活的重担使他弯了一点背，脸上起了一些皱纹，他的皮肤被太阳晒成了棕红色，完全不像六七年前的样子了。只有他温和的笑脸，还依然和从前一样，见到我总是照样地非常亲热。他使我忘记了我已是二十几岁的大人，对他又发出孩子气来。

他屋前有一簇竹林，不大也不小，几乎根根都可以做钓鱼竿。二十几步外是一条东西横贯的河道。因为河的这边人口比较稀少，河的那边是旷野，往西五六里便是大山，所以这里显得很僻静，埠头上很少人洗衣服，河岸上很少行人，河道中也很少船只。我觉得这里是最适宜于我钓鱼了，便开始对叔叔露出欲望来。

"这一根竹子可以做钓鱼竿，叔叔！"我随意指着一根说。

叔叔笑了，他立刻知道了我的意思，摇一摇头，说："这根太粗啦。你要钓鱼，我给你拣一根最好的——你从前不是很喜欢钓鱼吗，现在没事，不妨消遣消遣。"

我立刻快乐了。我告诉他，我真的想钓鱼，在外面住了这许多年，是看不见故乡这种河道的。随后我就想亲自走到竹林里去，选择一根好的。

但他立刻阻止我了："那里有刺，你不要进去，我给你砍吧。"

于是他拿了一把菜刀进去了。拣出来的正是一根细长柔软合宜的竹竿。随后鹅毛、钩子、锡块,他全给我到街上买了来。糠灰,丝线,是他家里有的。现在只差蚯蚓了。

"我自己去掘。"我说。

"你找不到,"他说,拿了锄头,"这里只有放粪缸的附近有那种蚯蚓,我看见别人掘到过,那里太脏啦,你不要去,还是我给你去掘吧。"

他说着走了,一定要我在屋内等他。

直至一切都预备齐,我欣喜地背上新的钓竿,预备出发的时候,他又在我手中抢去了小水桶和蚯蚓碗,陪着我到了河边。随后他回去了,一会拿了一条小凳来。

"坐着吧,腿子要站酸的哩。"

"好吧,叔叔,你去做你的事,等一会吃我钓上来的鱼。"

但他去了一会又来了,拿着一顶伞。

"太阳要晒黑的,戴着伞好些。"他说着给我撑了开来。

"我叫你婶婶把锅子洗干净了等你的鱼,我有事去啦。"他这才真的到他的田头去了。

五六年不见,我和我的叔叔都变了样了,但我们的两颗心都没有变,甚至比以前还亲热,面前的河道虽然换了场面,但河水却更清澈平静。许久不曾钓鱼了,我的技术也还没有忘却,而且现在更知道享受故乡的田园的乐趣。一根草,一叶浮萍,一个小水泡,一撮细小的波浪,甚至水中的影子极微的颤动,我都看出了美丽,感到了无限的愉悦。我几乎完全忘记了我是在钓鱼。

一连三天,我只钓上了七八条鱼。大家说我忘记了,我真的忘记了。

"总是看着山水出神啦,他不是五六年不见这种河道了吗?"叔叔给我推想说。

只有他最知道我。

然而我们不能长聚,几天后我不但离别了他,并且离别了故乡。

又过三年回来,我不能再看见我的叔叔。他在一年前吐血死了,显然是因为负担过重之故。

从那一次到现在,十多年了,为了生活的重担,我长年在外面奔波着,中间也只回到故乡三次,多是稍住一二星期,便又走了。只有今年,却有了久住的机会。但已像战斗场中负伤的兵士似的,尝遍了太多的苦味,有了老人的思想,对一切都感到空虚,见着叔叔的两个十几岁孩子,和自己的六岁孩子,夹杂在河边许多特殊的渔夫的中间,伏着蹲着,钓虾钓鱼,熙熙攘攘,虽然也偶然感到兴趣,走过去踱了一会,但已没有从前那样的耐心,可以一天到晚在街头或河边呆着。

我也已经没有欲望再在河边提着钓竿。我今日也只偶然地感到兴奋,咀嚼着过去的滋味。

雪

美丽的雪花飞舞起来了。我已经有三年不曾见着它。

去年在福建,仿佛比现在更迟一点,也曾见过雪。但那是远处山顶的积雪,可不是飞舞着的雪花。在平原上,它只是偶然地随着雨点洒下来几颗。没有落到地面的时候,它的颜色是灰的,不是白色;它的重量像是雨点,并不会飞舞。一到地面,它立刻融成了水,没有痕迹,也未尝跳跃,也未尝发出窸窣的声音,像江浙一带下雪子时的模样。这样的雪,在四十年来第一次看见它的老年的福建人,诚然能感到特别的意味,谈得津津有味,但在我,却总觉得索然。"福建下过雪",我可没有这样想过。

我喜欢眼前飞舞着的上海的雪花。它才是"雪白"的白色,也才是花一样的美丽。它好像比空气还轻,并不从半空里落下来,而是被空气从地面卷起来的。然而它又像是活的生物,像夏天黄昏时候的成群的蚊蚋,像春天流蜜时期的蜜蜂,它的忙碌的飞翔,或上或下,或快或慢,或粘着人身,或拥入窗隙,仿佛自有它自己的意志和目的。它静默无声。但在它飞舞的时候,我们似乎听见了千百万人马的呼号和脚步声,大海的汹涌的波涛声,森林的狂吼声,有时又似乎听见了情人的切切的密语声,礼拜堂的平静的晚祷声,花园里的欢乐的鸟歌声……它所带来的是阴沉与严寒。但在它的飞舞的姿态中,我们看见了慈善的母亲,柔和的情人,活泼的孩子,微笑的花,温暖的太阳,静默的晚霞……它没有气息。但当它扑到我们面上的时候，我们似乎闻到了旷野间鲜洁的空气的气息，山谷中幽雅的兰花的气息，花园里浓郁的玫瑰的气息，清淡的茉莉花的气息……在白天，它做出千百种婀娜的姿态；夜间，它发出银色的光辉，照耀着我们行路的人，又在我们的玻璃窗上札札地绘就了各式各样的花卉和树木，斜的，直的，弯的，倒的；还有那河流，那天上的云……

现在，美丽的雪花飞舞了。我喜欢，我已经有三年不曾见着它。我的喜欢有如四十年来第一次看见它的老年的福建人。但是，和老年的福建人一样，我回想着过去下雪时候的生活，现在的喜悦就像这钻进窗隙落到我桌上的雪花似的，渐渐融化，而且立刻消失了。

记得某年在北京，一个朋友的寓所里，围着火炉，煮着全中国最好的白菜和面，喝着酒，剥着花生，谈笑得几乎忘记了身在异乡；吃得满面通红，两个人一路唱着，一路踏着吱吱地叫着的雪，踉跄地从东长安街的起头踱到西长安街的尽头，又忘记了正是异乡最寒冷的时候。这样的生活,和今天的一比,不禁使我感到惘然。上海的朋友们都像是工厂里的机器,忙碌得一刻没有休息;而在下雪的今天,他们又叫我一个人看守着永不会有人或电话来访问的房子。这是多么孤单,寂寞,乏味的生活。

"没有意思!"我听见过去的我对今天的我这样说了。正像我在福建的时候,对四十年来第一次看见雪的老年的福建人所说的一样。

但是,另一个我出现了。他是足以对着过去的北京的我射出骄傲的眼光来的我。这个我,某年在南京下雪的时候,曾经有过更快活的生活:雪落得很厚,盖住了一切的田野和道路。我和我的爱人在一片荒野中走着。我们辨别不出路径来,也并没有终止的目的。我们只让我们的脚欢喜怎样就怎样。我们的脚常常欢喜踏在最深的沟里。我们未尝感到这是旷野,这是下雪的时节。我们仿佛是在花园里,路是平坦的,而且是柔软的。我们未尝觉得一点寒冷,因为我们的心是热的。

"没有意思!"我听见在南京的我对在北京的我这样说了。正像在北京的我对着今天的我所说的一样,也正像在福建的我对着四十年来第一次看见雪的老年的福建人所说的一样。

然而,我还有一个更可骄傲的我在呢。这个我,是有过更快乐的生活的,在故乡:冬天的早晨,当我从被窝里伸出头来,感觉到特别的寒冷,隔着蚊帐望见天窗特别地阴暗,我就首先知道外面下了雪了。"雪落啦白洋洋,老虎拖娘娘……"这是我躺在被窝里反复地唱着的欢迎雪的歌。别的早晨,照例是母亲和姊姊先起床,等她们煮熟了饭,拿了火炉来,代我烘暖了衣裤鞋袜,才肯钻出被窝,但是在下雪天,我就有了最大的勇气。我不需要火炉,雪就是我的火炉。我把它捻成了团,捧着,丢着。我把它堆成了一个和尚,在它的口里,插上一支香烟。我把它当做糖,放在口里。地上的厚的积雪,是我的地毯,我在它上面打着滚,翻着筋斗。它在我的底下发出嗤嗤的笑声,我在它上面哈哈地回答着。我的心是和它合一的。我和它一样地柔和，和它一样地洁白。我同它到处跳跃，我同它到处飞跑着。我站在屋外，我愿意它把我造成一个雪和尚。我躺在地上愿意它像母亲似的在我身上盖下柔软的美丽的被窝。我愿意随着它在空中飞舞。我愿意随着它落在人的肩上。我愿意雪就是我，我就是雪。我年轻。我有勇气。我有最宝贵的生命的力。我不知道忧虑，不知道苦恼和悲哀……

"没有意思！你这老年人！"我听见幼年的我对着过去的那些我这样说了。正如过去的那些我骄傲地对别个所说的一样。

不错，一切的雪天的生活和幼年的雪天的生活一比，过去的和现在的喜悦是像这钻进窗隙落到我桌上的雪花一样，渐渐融化，而且立刻消失了。

然而对着这时穿着一袭破单衣，站在屋角里发抖的或竟至于僵死在雪地上的穷人，则我的幼年时候快乐的雪天生活的意义，又如何呢？这个他对着这个我，不也在说着"没有意思！"的话吗？

而这个死有完肤的他，对着这时正在零度以下的长城下，捧着冻结了的机关枪，即将被炮弹打成雪片似的兵士，则其意义又将怎样呢？"没有意思！"这句话，该是谁说呢？

天呵，我不能再想了。人间的欢乐无平衡，人间的苦恼亦无边限。世界无终极之点，人类亦无末日之时。我既生为今日的我，为什么要追求或留恋今日的我以外的我呢？今日的我虽说是寂寞地孤单地看守着永没有人或电话来访问的房子，但既可以安逸地躲在房子里烤着火，避免风雪的寒冷；又可以隔着玻璃，诗人一般地静默地鉴赏着雪花飞舞的美的世界，不也是足以自满的吗？

抓住现实。只有现实是最宝贵的。

眼前雪花飞舞着的世界，就是最现实的现实。

看呵！美丽的雪花飞舞着呢。这就是我三年来相思着而不能见到的雪花。

美丽的雪花飞舞起来了。我已经有三年不曾见着它……现在,美丽的雪花飞舞了。我喜欢,我已经有三年不曾见着它……看呵!美丽的雪花飞舞着呢。这就是我三年来相思着而不能见到的雪花。

这是一咏三叹的雪,是欲说不尽的雪;这是离人的雪,是游子的雪;这是漫舞于记忆的雪,是零落在心头的雪。

我们的学校

屡次坐着船经过儿时的学校,便给引起了愉悦的回忆。这次因着比较地闲暇,终于高兴地趁着路过的机会,上了岸。

大门依然凭着清澈的河水,外面也依然围着二三尺高的铁的栏杆。只是进了门,看见院子那边的一个很大的礼堂,觉得生疏了,仿佛从前是没有的。对着几个大柱子出了一会神,才恍惚记起了一部分是我们的膳堂，一部分是我们的风雨操场。我们那时约有七八桌的同学和教师，正中的一桌的上位，是我们大家所最尊敬的校长徐先生坐的，现在这里变了讲台，后面挂着孙中山的肖像了。外面放着好几排椅子的地方，是我们拍球、踢毽子或雨天上体育课的所在。我在这里消磨的时间最多，每天课后就在这里踢毽子的。

礼堂上挂着许多图表。见到历任教职员一览表，才记起了我在这里做学生已是二十年前的事了。徐校长是在民国四年离校的。

民国四年，现在看起来，仿佛是一个上古时代了，那时的一切似乎都不如现在的进步文明。我们在学校里虽曾经听过先生说及火车等等的希奇的东西，却绝不曾想到二十年后的乡间，天天可以见到汽船、汽车和飞机。时光不知是怎样过去的，那时的儿童，现在已经比那时的教师还老大了。我们的教师哪里去了呢？没有人知道。

礼堂的北边是教室和寝室，和从前一样的分配，但那已经不是我们读书时候的旧式楼房，现在是洋房了,而且也已经略略带着老的姿态。面前是满种着花草的花园,记不起来从前是什么所在了,但总之,那时是没有花园的。

礼堂的西南,是我们从前的操场,现在给缩小了,多了几间屋子。再过去是魁星阁,上面塑有魁星的神像的,现在连屋子都拆掉了。

礼堂的南边,从前是一个荒凉的小小的水池,周围栽着高大的倒垂的杨柳,是我们纳凉、散步和观鱼的所在,现在变了一块平地,一面盖着清洁的膳堂,一面成了雅致的花园。

四处走了一遭,回转身,几乎连路径也记不清楚了,一切都显得非常的生疏。是学校改了样子,也是我健忘的缘故吧。然而它所给我的新的印像仍是良好的,除了那富有诗意的荒凉的小池使我起了一点惋惜以外。

我们这一个学校,岂止是建筑方面跟着时代改变了,就连组织和课程也显得进步了。例如,我们那时是没有女学生和女教师的,现在早已开放了。从前需要的纸笔是由一位教师代管的,现在有了消费合作社了。从前的理化设备是极其简单的,现在也摆满了一间小小的房子。我们那时做的手工是些笔架和旱烟盒,现在陈列在那里的是飞机、轮船和汽车。我们学的音乐是简谱,现在换用了五线谱。那时学的是文言,现在的是白话,我们那时不会做文章,学校里连壁报也没有,现在有了铅印的月刊和半月刊,而且连十一二岁的学生也写起文章和诗来了。

这一切给了我不少新的愉悦,愈使我回味到过去。

我是六岁上学的,进的自然是私塾。开笔的先生是位有名的举人的得意门生,仿佛是个秀才。他颇严厉,但对我不知怎的却比较地宽,很少骂我,也很少打我,只是睁着眼睛从眼镜边外瞪着我,我因此反比别的同学更怕他,九岁以前常常哭着赖学,逼得母亲把我一直拖过石桥。在那里挨到十三岁,见到别的孩子在学校里欢天喜地,自己也就有了转学的念头,时常对母亲提出要求来。第二年春天,终于让我插进了一个颇出名的初级小学了。不用说,第一次所进的学校给我的印象是相当地好的,它比起私塾来,好得太多了。然而它也使我相当地害怕。教师是拿着藤条上课的,随时有落在身上的可能。犯了过错,起码是半点钟的面壁。上体操课时,站得不合规矩,便会从后面直踢过来。幸亏我在这里的时候并不长久,过了半年,我拿着初级小学的文凭走了。

下半年,我就进了这个永不能使我忘记的高等小学。

校长徐先生是一位四十岁以内的中年人。他很谨慎朴素,老是穿着一件青布长衫和黑色马褂,不爱多说话,不大有笑脸,可也没有严厉的面色,他的房间里永久统治着静默和清洁,他走到哪里,静默就跟到哪里,而这静默却不是可怕的恫吓、冷漠或严肃,它是亲切和尊敬。他不常处分学生,有了什么纠纷,便把大家叫到他的房里,准许分辩,然后他给了几句短短的判断和开导的话,大家就静静地退出了。他比我们睡得迟,也比我们起得早,深夜和清晨,我们常常看见他的房子里透出灯光来,或者听到他的磨墨的声音。在七八个教师中间,他的字写得最好。他教我们这一班的国文,作文卷子改得非常仔细,有了总批还有顶批。他做我们的校长是大家觉得荣幸的事情,而他教我们的国文,更是我们这一班觉得特别荣幸的。

"谁教你们的国文呀?我们是徐先生教的!"我们这一班常常骄傲地对别一班的同学说。

但我们不仅喜欢他,我们对于其余的教员也都相当的喜欢。他从哪里聘来这许多使人满意的教员?真使我们惊异。一个教理化的教员,现在已经忘记了他姓什么,只有二十多岁,也不爱说话,一天到晚只看见他拿着仪器在试验。教动植物的唐先生年纪大了一点,说起话来又庄严又诙谐,他所采的动植物标本挂满了教室也挂满了他的卧室。教手工兼音乐的金教员,不但做得一手极好的纸的、泥的、竹的小东西,还能做大的藤椅——听说后来竟开起藤器店来了——能比他的妻子绣出更美的花来,他唱得很好的西洋歌和京戏,能弹风琴、吹箫笛、拉胡琴,是一个有名的天才。最后是我们特别喜欢的体育教员陈先生了。他有活泼健捷的姿态,而又有坚强结实的身体。他教我们哑铃、棒球、各种柔软体操,又教我们背着沉重的木枪跪着放,卧着放。同时在课外,他又教我们少数人撑高、跳远和翻杠子。后者是他最拿手的技术,能用各种姿势在很高的铁杠上翻几十个圈子突然倒跌了下来,单用脚面钩住杠子,然后又一晃一摇,跳落在一丈多远的地上。

这几个教师,不但功课教得好,而且都和徐先生一样,从来不轻易严厉地处分我们。我们每个人都对他们亲切而又尊敬,如同对徐先生一样。我们这一个学校是公立的完全小学,经费最多,规模最大,学生最众,在附近百里内的乡间向来是首屈一指的。现在有了这许多好的教师,我们愈加觉得骄傲了。因此,我们有一次竟想给我们的学校争一个大面子,压倒那唯一出名的县立高等小学了。

我们的足球练得最好:有横冲直撞如入无人之境的不怕死的前锋,有头顶脚滚球不离身善作派司的左右卫,有一个当关万夫莫敌的中卫,有拳打脚踢能跳能滚的守门,邻近乡间的小学是从来不敢和我们比赛的，我们于是要求和城里的县立小学比赛了。

徐先生允许我们去，但是他要我们这边的同学向那边的同学写信接洽。我们照着办了，然而许久得不到回信。我们相信那边没有勇气和实力，愈加非和他们比赛一次压倒他们不可了。说是要到城里去，大家早已做了一套新衣服，买了一顶簇新的草帽，球也练厌了，不去是不愿意的。于是几个选定的球员便秘密地商量起来，主张硬逼那边和我们比赛。

"人去了，就不怕他们不理，不比赛也就是他们输了！"

大家都是这样的想法。但这话在徐先生面前是行不通的，于是就有人想出一个办法来：写了一张明信片，由那边的一个学生具名，答复我们说准定某一个礼拜日和我们比赛。这一张明信片就托人带到城里去投邮。

过了两天，这一张假冒的明信片回来了，我们故意等到星期六的下午拿去给徐先生看，使他不及细细研究。徐先生果然立刻答应我们了。他不派人同我们去，因为这是学生们和学生们的游戏，不是用学校的名义出发的。我们中间的几个球员已经有十七八岁，而且常去城里的，他也就放心得下，只叮嘱了一番小心。

这时正是快要放暑假的时候，天气特别热，我们都只穿着一件单衫。一出校门便一口气飞跑了五六里，但到得岭下，我们走得特别慢了。原因是我们原定的连预备员在内一起十五个人，其中一个守门的健将这两天凑巧请假在家，我们得顺道派人去邀他。这个去的人是我们球队中的领导人，只有他知道那个同学的住处。他叫我们慢些走，他答应岔过一条小岭，一点钟后在岭的那边可以和我们相会的。

然而他走后，天色渐渐变了，黑云慢慢腾了起来，雷声也渐渐地响了。过了岭，一路等，一路慢慢地走，却不见他们的来到。黑云已经掩住了太阳，雷声、电光挟着风来了。我们知道雷雨将到，便只好一口气赶到前面三里外的凉亭避一下雨。

我们相信他们是会赶来的，无论雨下得怎么大。

然而第一阵雷雨过后许久，却仍不见他们的影子，而同时天色已经快黑了，似乎接着还有第二阵的雷雨，于是我们恐慌起来，便决计一直跑到城里再说。他们两个是年级最大、路径最熟的，况且这时不到，多半是不来了。

我们不息地飞跑了七八里，过江进城的时候天已全黑了。在渡船上还淋着了一阵大雨，衣服全是湿漉漉的，一身的冷。

县立高等小学是什么样子，在我们心慌意乱的黑夜中不曾看得清楚，只知道巍岸森严地站着一排无穷长的洋房。管门的是一个皮肤很黑的印度人。他奇异地而又讥笑地咕噜着什么，把我们带进了会客室。我们告诉他要找几个学生，他却把校长请来了。

校长是一个矮小的老头子，满脸通红，酒气扑人，缓慢地走进了会客室。

"怎么？你们这批人是哪里的学生？这个时候有什么事情呀？"他睁着眼睛从近视眼镜边外轻蔑地望着我们，又转着头看我们的衣衫。

我们合礼地一齐站了起来行了一个鞠躬，一个年长的同学便嗫嚅地说明了来意。

"胡说！"他生了气，拍着桌子。"要和你们比赛，没有得到我的允许，谁敢写信给你们！我一点不知道！今天礼拜六，学生全回家了，没有一个人！回去吧！谁叫你们来？我不负责任！"

我们给吓呆了，面面相觑，半晌说不出话来，又冷又饿又疲乏。

一个能干的同学说话了，他表示赛球的事情明天再说，今晚先让我们住一夜。

"要我招待吗？拿校长的信来看！本校从不招待私人的！"

我们中间有人哭了，也有人愤怒了。有几个人躺在椅上，跷起脚来，眨着眼，懒洋洋地说：

"不招待，就睡在这里！这学校是县立的，又不在你家里！"

"什么话！滚出去！你们这些东西！叫警察来！"他击着桌子，气得浑身摇摆起来了。

"嗤！——"我们一致嗤着。

这时有两个教员进来了，他们似乎在窗外已听了一会，知道了底细，来做好歹的。

"小孩子，不懂事，校长，不要动气，交给我们办吧，你去休息休息……"他们拖住了校长。

"喔——嚄——我从来没碰到过这些小鬼……喔——嚄——"他忽然倒在教员身上呕吐起来了。满房都是酒气。随后给一个教员拖了出去。

"他吃醉了酒了，你们看，不要生气！"另一个教员微笑地说，"这里学生真的回去了，一定要比球只好和中学部比了。明天再说罢。我先给你们安插睡的地方。"

于是我们便跟着他到了寝室，说声多谢，关上门，全身脱得精光的，把湿衣挂在窗口，几个人一床钻进了被窝。我们的肚子本来很饿，现在既无饭吃也给气饱了。

"混账的校长！"

"该死的畜生！……"

"狗东西！……"

我们一致骂着，半夜睡不熟觉，微微合了一会眼睛，东方才发白，便一齐起来，决定立刻就走。穿好衣服，拿起笔在墙上涂了许多"打倒狗校长"等等的口号，开开门，一溜烟地走了。

过了江，天又下雨了，我们吃了一点饼子，恨不得立刻离开那可恶的学校所在的县城，冒雨飞跑着。雨越下越大，经过好几个凉亭，我们都不愿耽搁，一直到山脚下，我们的那两位同学却迎面来了。他们和我们一样，也没有带伞，淋个一身湿漉漉的。原来他们昨晚被家长缠住了，说是天晚了，要下雨，不肯放行。今早还是逃出来的。我们像见到了亲哥哥一样，得到了许多安慰，在大雨中缓慢地走着，讲着昨晚的事情，一面骂着。

二十几里路很快就给走完，到学校还只八点钟，怒气未消，便索性在泥泞的操场里踢了一阵球，把怒恨迸发完了，然后到河里洗了一个澡。

几天以后，这事情不知怎样的给我们自己的校长知道了,他忽然把我们十几个球员叫了去。

"你们比球的事情,我全知道了。"他静静地说,一点没有生气,仿佛我们没有做错事情一样。"这样做法是不好的,无论是个人的品行,学校的名誉……以后再是这样,我只好不干了……"他静默了一会,用亲切的眼光望着我们,随后继续着说,"现在出去吧,细细地去反省……"

我们给呆住了,大家红着脸,低着头说不出话来。虽然他已经命令我们走开,我们却依然站着,不敢动弹,仿佛钉住了脚似的。我们犯了多大的过错,现在全明白了,羞耻而且懊悔。我们愿意给他一顿痛骂,或者听他记过扣分的处分,然而他再也不说什么了,只重复着说:

"现在出去吧,去静静地反省……"

我们这才感动得含着眼泪,静静地从他的房子里退了出来。

"以后再是这样,我只好不干了……"

他这句话比石头还重地压在我们的心坎上,我们第一次感到了失望的恐怖。

不料过了半年,他果然不干了。听说是校董方面辞退他的,继任的人物是初小部一个老头子,董事长的族里人。这个人最没学问,也最顽固,为我们平日所最看不起,也为我们所最讨厌的。他一天到晚含着一杆很长的旱烟管,睁着恶狠狠的眼睛,从眼镜边外望人家,走起路来一颠一拐,据说是有什么病。他教初小四年级的国文,既讲得不清楚,又常常改出错字来,不许人家问他,问了他,火气直冲,要记过,要扣分,遇到他值周,大家就恨死他。一举一动,都要受他干涉,半夜里常常在我们的寝室外偷听。我们叫他做小鬼。

现在他要做校长了,我们这一个学校的前途是可想而知的。几个好教员听到这消息,也表示下学期不来了。我们是一致反对未来的变动的,但我们年纪太轻了,不晓得怎样对付,请愿罢课的名字不曾听到过。我们只得大家私自相约,下学期如果真的换了那个老头子做校长,我们也不再到这学校来了。

放了年假，那消息果然成了事实，我高年级里有二十几个人自动地停了学。有些人到城里或别处，转学的转学，学商业的学商业，我母亲不让我离开乡下，既无高等小学可转，也无职业可学，只得听我歇了下来。那时我是高小二年级的学生，就此结束了我的学生生活。

时间过得这样地迅速，一眨眼，二十年过去了。我所爱的教师和同学都和烟一样地在这大的世界中四散而且消失了。

回忆是愉快的，然而却也充满着苦味。二十年来，我所经历的、所看到的学校也够多了，却还没有一个学校值得我那样的记忆。现在办学校的人仿佛聪明得多，管理的方法也进步多了，但丑恶面也就比从前更加深刻起来。偶然在污秽的垃圾堆中发见一枝小小的蓓蕾，立刻就被新的垃圾盖了上去，这现像，太可悲了。唉……

清 明

晨光还没有从窗眼里爬进来,我已经钻出被窝坐着,推着熟睡的母亲。

"迟啦,妈,锣声响啦!"

母亲便突然从梦中坐起,揉着睡眼,静默地倾听着。

"没有的!天还没亮呢!"

"好像敲过去啦。"

于是母亲也就不再睡觉,急忙推开窗子,点着灯,煮早饭了。

"嘉溪上坟去啰!……噇噇……五公祀上坟去啰!……"待母亲将饭煮熟,第一次的锣声才真的响了,一路有人叫喊着,从桥头绕向东芭弄。

我打开门,在清白的晨光中,奔跑到埠头边:河边静悄悄的,不见一个人,船还没有来。

正吃早饭,第二次的锣声又响了,敲锣的人依然大声地喊着:

"嘉溪上坟去啰!……噇噇……五公祀上坟去啰!……"

我匆忙地吃了半碗饭,便推开碗筷,又跑了出去。这时河边显得忙碌了。三只大船已经靠在埠头,几个大人正在船中戽水,铺竹垫,摆椅凳。岸上围观着许多大人和小孩,含着紧张的神情。我呆木地站着,心在辘辘地跳动。

"慌什么呀!饭没有吃饱,怎么上山呀?快些回去,再吃一碗!"母亲从后面追上来了。

"老早吃饱啦!"

"半碗,怎么就饱啦!起码也得吃两碗!回去,回去!"

"吃饱啦就吃饱啦!谁骗你!"我不耐烦地说。

于是母亲喃喃地说着走回家里去了。

埠头边的人愈聚愈多,一部分人看热闹,一部分人是去参加上祖先的坟的。有些人挑羹饭,有些人提纸钱,有些人探问何时出发。喧闹忙乱,仿佛平静的河水搅起了波浪。我静默地等着,心中却像河水似的荡漾着。

"加一件背心吧,冷了会生病的呀!"

我转过头去,母亲又来了,她已经给我拿了一件背心来。

"走起来热煞啦,还要加背心做什么?拿回去吧!"我摇着头,回答说。

"老是不听话!"母亲喃喃地埋怨着,用力把我扯了过去,亲自给我穿上,扣好了扣子。

这时第三次的锣声响了。

"嘉溪上坟去啰！……噔噔……五公祀上坟去啰……船要开啦……船要开啦……"

岸上的人纷纷走到船上，我也就跳上了船头。

"什么要紧呀！"母亲又叫着说了，"船头坐不得的！……船舱里去！……听见吗？"

我只得跳到船头与船舱的中间，坐在插纤竿的旁边。

但是母亲仍不放心，她又在叫喊了：

"坐到船底上去，再进去一点！那里会给纤竿打下河去的呀！"

"不会的！愁什么！"我不快活地瞪着眼睛说。

"真不听话！……阿成叔，烦你照顾照顾这孩子吧！"她对着坐在我身边的阿成叔说。

"那自然，你放心好啦！你回去吧！"

但是母亲仍不放心，站在河边要等着船开走。

这时三只大船里都已坐满了人，放满了东西。还不时有人上下，船在微微地左右倾侧着。

"天会落雨呢！"

"不会的!"

"我已带了雨伞。"

"我连木屐也带上了。"

船上忽然有些人这样说了起来。我抬头望着天上,天色略带一点阴沉,云在空中缓慢地移动着,远远的东边映照着山后的阳光。

"开船啦!开船啦!……噌噌……"这是最后一次的锣声了,敲锣的接着走上我们这只最后开的船,摇船的开始解缆了。

我往岸上望去,母亲已经不在岸上,不知什么时候走的。我喜欢坐在船头上,这时便又扶着船边,从人丛中向前挤了两三步。

"不要动!不要动!会掉下水里去的!"阿成叔叫着,但他已经迟了。

"好吧,好吧!以后可再不要动啦!"摇船的把船撑开岸,叫着说。

"你这孩子好大胆!……再不要动啦!"我身边一个祖公辈的责备似的说了,"你看,你妈又来了哪!"

我把眼光转到岸上,母亲果然又来了。她左手挟着一柄纸伞,摇着右手,叫着摇船的人,慌急地移动着脚步。一颠一簸,好像立刻要栽倒似的追扑了过来。

"船慢点开!……阿连叔!……还有一把伞给小孩!……"

但这时船已驶到河的中心,在岸上拉纤的已经弯着背跑着,船已呷呷呷地破浪前进了。

"算啦!算啦!不会下雨的!"摇船的阿连叔一面用力扳着橹,一面大声地回答着。

母亲着慌了,她愈加急促地沿着船行的方向奔跑起来,一路摇着手,叫着:"要落雨的呀!……拉纤的是谁!……慢点走哪!"

我在船上望见她踉跄得快跌倒了。着了急,忽然站了起来,用力踢着船沿。船突然倾侧几下,满船的人慌了,这才大家齐声地大喊,阻住了拉纤的人。

"交给我吧,到了桥边会递给他的。"一个拉纤的跑回来,向母亲接了伞,显出不快活的神情。

这时母亲已跑到和船相并的地方站住了。我看见她一脸通红,额上像滴着汗珠,喘着气。

"真是多事,哪里会落雨!落了雨又有什么要紧!"我暗暗地埋怨着,又大声叫着说:"回去吧,妈!"

"好回去啦!好回去啦!"船上的人也叫着,都显出不很高兴的神情。

船又开着走了。母亲还站在那里望着,一直到船转了弯。

两岸的绿草渐渐多了起来,岸上的屋子渐渐少了。河水平静而且碧绿,只在船头下咽咽地响着,在船的两边翻起了轻快的分水波浪。船朝着拉纤的方向倾侧着。一根直的竹做的纤竿这时已成了弓形,不时发出格格的声音,顶上拴着的纤绳时时颤动着,一松一紧地拖住了岸上三个将要前仆的人的背,摇橹的人侧着橹推着扳着,船尾发出劈啪的声音。有些地方大树挡住了纤路,或者船在十字河口须转方向,拉纤的人便收了纤绳,跳到船上,摇橹的人开始用船尾的大橹拨动着水,船像摇篮似的左右荡漾着慢慢前进。

一湾又一湾,一村又一村,嘉溪山渐渐近了,最先走过狮子似的山外的小山,随后从山峡中驶了进去。这里的河面反而特别宽了,水流急了起来,浅滩中露着一堆堆的沙石。我们的船一直驶到河道的尽头,船头冲上了沙滩,现在船上的人全上岸了。我和几个十几岁的同伴早已在船上脱了鞋袜,卷起了裤脚,不走山路,却从沁人的清凉的溪水里走向山上去,一面叫着跳着,像是笼里逃出来的小鸟。

　　祖先的坟墓是在山麓的上部,那里生满了松树和柏树。我们几个孩子先在树林中跑了几个圈子,听见爆竹和锣声,才到坟前拜了一拜,拿了一只竹签,好带回家里去换点心。随后跑向松树林中,爬了上去采松花,装满了衣袋,兜满了前襟,听见爆竹和锣声又一直奔下山坡,到庄家那里去吃午饭,这时肚子特别饿了,跑到庄前就远远地闻到了午饭的香气。我平常最爱吃的是毛笋烤咸菜,这时桌上最多的正是这一样菜,便站在长桌旁,挤在大人们的身边,开始吃了起来,饭虽然粗硬,菜虽然冷,却觉得特别地有味,一连吃了三大粗碗饭。筷子一丢,又往附近跑去了。隆

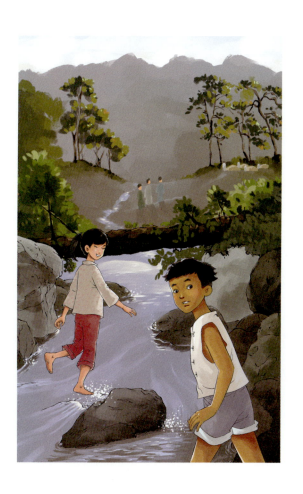

重的热闹的扫墓典礼，我只到坟边学样地拜了一拜，我的目的却在游玩。但也并不知道游玩，只觉得自由快乐，到处乱跑着。

回家的锣声又响时，果然落雨了。它像雾一样，细细地袭了过来。我挟着雨伞，并不使用，披着一身细雨，踏着溪流，欢乐地回到了泊船的河滩上。

清明节就是这样地完了。它在我是一个最欢乐的季节。

旅人的心

或是因为年幼善忘,或是因为不常见面,我最初几年中对父亲的感情怎样,一点也记不起来了。至于父亲那时对我的爱,却从母亲的话里就可知道。母亲近来显然在深深地记念父亲,又加上年纪老了,所以一见到她的小孙儿吃牛奶,就对我说了又说:

"正是这牌子,有一只老鹰!……你从前奶子不够吃,也吃的这牛奶。你父亲真舍得,不晓得给你吃了多少，有一次竟带了一打来，用木箱子装着。那比现在贵得多了。他的收入又比你现在的少……"

不用说，父亲是从我出世后就深爱着我的。

但是我自己所能记忆的我对于父亲的感情，却是从六七岁起。

父亲向来是出远门的。他每年只回家一次，每次约在家里住一个月，时期多在年底年初。每次回来总带了许多东西：肥皂、蜡烛、洋火、布匹、花生、豆油、粉干……都够一年的吃用。此外还有专门给我的帽子、衣料、玩具、纸笔、书籍……

我平日最欢喜和姊姊吵架，什么事情都不能安静，常常挨了母亲的打，也还不肯屈服。但是父亲一进门，我就完全改变了，安静得仿佛天上的神到了我们家里，我的心里充满了畏惧，但又不像对神似的慑于他的权威，却是在畏惧中间藏着无限的喜悦，而这喜悦中间却又藏着说不出的亲切。我现在不再叫喊，甚至不大说话了；我不再跳跑，甚至连走路的脚步也十分轻了；什么事情我该做的，用不着母亲说，就自己去做好；

什么事情我该对姊姊退让的,也全退让了。我简直换了一个人,连自己也觉得:聪明,诚实,和气,勤力。

父亲从来不对我说半句埋怨话,他有着宏亮而温和的音调。他的态度是庄重的,但脸上没有威严却是和气。他每餐都喝一定分量的酒。他的皮肤的血色本来很好,喝了一点酒,脸上就显出一种可亲的红光。他爱讲故事给我听,尤其是喝酒的时候,常常因此把一顿饭延长一二个钟点。他所讲的多是他亲身的阅历,没有一个故事里不含着诚实、忠厚、勇敢、耐劳。他学过拳术,偶然也打拳给我看,但他接着就讲打拳的故事给我听:学会了这一套不可露锋芒,只能在万不得已时用来保护自己。父亲虽然不是医生,但因为祖父是业医的,遗有许多医书,他一生就专门研究医学。他抄了许多方子,配了许多药,赠送人家,常常叫我帮他的忙。因此我们的墙上贴满了方子,衣柜里和抽屉里满是大大小小的药瓶。

一年一度,父亲一回来,我仿佛新生了一样,得到了学好的机会:有事可做也有学问可求。

然而这时间是短促的。将近一个月他慢慢开始整理他的行装,一样一样地和母亲商议着别后一年内的计划了。

到了远行的那夜一时前,他先起了床,一面打扎着被包箱夹,一面要母亲去预备早饭。二时后,吃过早饭,就有划船老大在墙外叫喊起来,是父亲离家的时候了。

父亲和平日一样,满脸笑容。他确信他这一年的事业将比往年更好。母亲和姊姊虽然眼眶里贮着惜别的眼泪,但为了这是一个吉日,终于勉强地把眼泪忍住了。只有我大声啼哭着,牵着父亲的衣襟,跟到了大门外的埠头上。

父亲把我交给母亲,在灯笼的光中仔细地走下石级,上了船,船就静静地离开了岸。

"进去吧,很快就回来的,好孩子。"父亲从船里伸出头来,说。

船上的灯笼熄了,白茫茫的水面上只显出一个移动着的黑影。几分钟后,它迅速地消失在几步外的桥的后面。一阵关闭船篷声,接着便是渐远渐低的咕呀咕呀的桨声。

"进去吧,还在夜里呀。"过了一会,母亲说着,带了我和姊姊转了身,"很快就回来了,不听见吗?留在家里,谁去赚钱呢?"

其实我并没想到把父亲留在家里,我每次是只想跟父亲一道出门的。

父亲离家老是在夜黑,又冷又黑。想起来这旅途很觉可怕。那样的夜里,岸上是没有行人也没有声音的,倘使有什么发现,那就十分之九是可怕的鬼怪或野兽。尤其是在河里,常常起着风,到处都潜着吃人的水鬼。一路所经过的两岸大部分极其荒凉,这里一个坟墓,那里一个棺材,连白天也少有行人。

但父亲却平静地走了,露着微笑。他不畏惧,也不感伤,他常说男子汉要胆大量宽,而男子汉的眼泪和珍珠一样宝贵。

一年一年过去着,我渐渐大了,想和父亲一道出门的念头也跟着深起来,甚至对于夜间的旅行起了好其实我并没想到把父亲留在家里,我每次是只想跟父亲一道出门的。

我的父亲曾经为我苦了一生,把我养大,送我进学校,为我造了屋子,买了几亩地。六十岁那一年,还到汉口去做生意,怕人家嫌他年老,只说五十几岁。(鲁彦《父亲》)

奇和羡慕。到了十四五岁，乡间的生活完全过厌了，倘不是父亲时常寄小说书给我，我说不定会背着母亲私自出门远行的。

十七岁那年的春天，我终于达到了我的志愿。父亲是往江北去，他送我到上海。那时姊姊已出了嫁生了孩子，母亲身边只留着一个五岁的妹妹。她这次终于遏抑不住情感，离别前几天就不时滴下眼泪来，到得那天夜里她伤心地哭了。

但我没有被她的眼泪所感动。我很久以前听到我可以出远门，就在焦急地等待着那日子。那一夜我几乎没有合眼，心里充满了说不出的快乐。我满脸笑容，跟着父亲在暗淡的灯笼光中走出了大门。我没注意母亲站在岸上对我的叮嘱，一进船仓，就像脱离了火坑一样。

"竟有这样硬心肠，我哭着，他笑着！"

这是母亲后来常提起的话。我当时欢喜什么，我不知道。我只觉得心里十分地轻松，对着未来，有着模糊的憧憬，仿佛一切都将是快乐的，光明的。

"牛上轭了!"

别人常在我出门前就这样地说,像是讥笑我,像是怜悯我。但我不以为意。我觉得那所谓轭是人所应当负担的。我勇敢地挺了一挺胸部,仿佛乐意地用两肩承受了那负担,而且觉得从此才成为一个"人"了。

夜是美的。黑暗与沉寂的美。从篷隙里望出去,看见一幅黑布蒙在天空上,这里那里镶着亮晶晶的珍珠。两岸上缓慢地往后移动的高大的坟墓仿佛是保护我们的炮垒,平躺着的草扎的和砖盖的棺木就成了我们的埋伏的卫兵。树枝上的鸟巢里不时发出喊喊的拍翅声和细碎的鸟语,像在庆祝着我们的远行。河面一片白茫茫的光微微波动着,船像在柔软轻漾的绸子上滑了过去。船头下低低地响着淙淙的波声,接着是咕呀咕呀的前桨声和有节奏的喊嚓喊嚓的后桨拨水声。清冽的水的气息,重浊的泥土的气息和复杂的草木的气息在河面上混合成了一种特殊的亲切的香气。

我们的船弯弯曲曲地前进着,过了一桥又一桥。父亲不时告诉着我,这是什么桥,现在到了什么地方。

我静默地坐着,听见前桨暂时停下来,一股寒气和黑影袭进仓里,知道又过了一个桥。

一小时以后,天色渐渐转白了,岸上的景物开始露出明显的轮廓来,船仓里映进了一点亮光,稍稍推开篷,可以望见天边的黑云慢慢地变成了灰白色,浮在薄亮的空中。前面的山峰隐约地走了出来,然后像一层一层地脱下衣衫似的,按次地露出了山腰和山麓。

"东方发白了。"父亲喃喃地念着。

白光像凝定了一会,接着就迅速地揭开了夜幕,到处都明亮起来。现在连岸上的细小的枝叶也清晰了。星光暗淡着,稀疏着,消失着。白云增多了,东边天上的渐渐变成了紫色,红色。天空变成了蓝色。山是青的,这里那里迷漫着乳白色的烟云。

我们的船驶进了山峡里,两边全是繁密的松柏、竹林和一些不知名的常青树。河水渐渐清浅,两边露出石子滩来。前后左右都驶着从各处来的船只。不久船靠了岸,我们完成了第一段的旅程。

当我踏上埠头的时候,我发现太阳已在我的背后。

这约莫两小时的行进，仿佛我已经赶过了太阳，心里暗暗地充满了快乐。

完全是个美丽的早晨。东边山头上的天空全红了，紫红的云像是被小孩用毛笔乱涂出的一样，无意地成了巨大的天使的翅膀。山顶上一团浓云的中间露出了一个血红的可爱的紧合着的嘴唇，像在等待着谁去接吻。两边的最高峰上已经涂上了明亮的光辉。平原上这里那里升腾着白色的炊烟，像雾一样。埠头上忙碌着男女旅客，成群地往山坡上走了去。挑夫，轿夫，喝着道，追赶着，跟随着，显得格外地紧张。

就在这热闹中，我跟在父亲的后面走上了山坡，第一次远离故乡，跋涉山水，去探问另一个憧憬着的世界，勇往地肩起了"人"所应负的担子。我的血在飞腾着，我的心是平静的，平静中满含着欢乐。我坚定地相信我将有一个光明的伟大的未来。

但是暴风雨卷着我的旅程，我愈走愈远离了家乡。没有好的消息给母亲，也没有如母亲所期待的三年后回到家乡。一直过了七八年，我才负着沉重的心，第一次重踏到生长我的土地。那时虽走着出门时的原来路线，但山的两边的两条长的水路已经改驶了汽船，过岭时换了洋车。叮叮叮叮的铃子和呜呜的汽笛声激动着旅人的心。

到了最近，路线完全改变了。山岭已给铲平，离开我们村庄不远的地方，开了一条极长的汽车路。她把我们旅行的时间从夜里二时出发改做了午后二时。然而旅人的心愈加乱了，没有一刻不是强烈地被震动着。父亲出门时是多么地安静，舒缓，快乐，有希望。他有十年二十年的计划，有安定的终身的职业。而我呢？紊乱，匆忙，忧郁，失望，今天管不着明天，没有一种安定的生活。

实际上，父亲一生是劳碌的，他独自负荷着家庭的重任，远离家乡一直到他七十岁为止。到得将近去世的几年中，他虽然得到了休息，但还依然刻苦地帮着母亲治理杂务。然而，他一生是快乐的。尽管天灾烧去了他亲手支起的小屋，尽管我这个做儿子的时时在毁损着他的遗产，因而他也难免起了一点忧郁，但他的心一直到临死的时候为止仍是十分平静的。他相信着自己，也相信着他的儿子。

我呢？我连自己也不能相信。我的心没有一刻能够平静。

当父亲死后二年，深秋的一个夜里二时，我出发到同一方向的山边去，船同样地在柔软轻漾的绸子似的水面滑着，黑色的天空同样地镶着珍珠似的明星，但我的心里却充满了烦恼、忧郁、凄凉、悲哀，和第一次跟着父亲出远门时的我仿佛是两个人了。

原来我这一次是去掘开父亲给自己造成的坟墓，把他永久地安葬的。

母亲的时钟

二十几年前,父亲从外面带了一架时钟给母亲:一尺多高,上圆下方,黑紫色的木框,厚玻璃面,白底黑字的计时盘,盘的中央和边缘镶着金漆的圆圈,底下垂着金漆的钟摆,钉着金漆的铃子,铃子后面的木框上贴着彩色的图画——是一架堂皇而且美丽的时钟。那时这样的时钟在乡里很不容易见到;不但我和姊姊非常觉得希奇,就连母亲也特别喜欢它。

她最先把那时钟摆在床头的小橱上,只允许我们远望,不许我们走近去玩弄。我们爱看那钟摆的晃摇和长针的移动,常常望着望着忘记了读书和绣花。于是母亲搬了一个座位,用她的身子挡住了我们的视线,说:

"这是听的,不是看的呀!等一会又要敲了,你们知道呆看了多少时候吗?"

我们喜欢听时钟的敲声,常常问母亲:

"还不敲吗,妈?你叫它早点敲吧!"

但是母亲望了一望我们的书本和花绷,冷淡地回答说:

"到了时候,它自己会敲的。"

钟摆不但自己会动,还会得得地响下去,我们常常低低地念着它的次数;但母亲一看见我们嘴唇的嗡动,就生起气来。

"你们发疯了!它一天到晚响着,你们一天到晚不做事情吗?我把它停了,或是把它送给人家去,免得害你们吧!……"

但她虽然这样说,却并没把它停下,也没把它送给人家。她自己也常常去看那钟点,天天把它揩得干干净净。

"走路轻一点!不准跳!"她几次对我们说,"震动得厉害,它会停止的!"

真的,母亲自从有了这架时钟以后,她自己的举动更加轻声了。她到小橱上去拿别的东西的时候,几乎忍住了呼吸。

这架时钟开足后可以走上一个星期。不知母亲是怎样记得的。每次总在第七天的早晨不待它停止,就去开足了发条。和时钟一道,父亲带回家来的,还有一个小小的日晷。一遇到天气好太阳大,母亲就在将到正午的时候,把它放在后院子的水缸盖上。她不会看别的时刻,只知道等待那红线的影子直了,就把时钟纠正为十二点。随后她收了那日晷,把它放在时钟的玻璃门内。我们也喜欢那日晷,因为它里面有一颗指南针,跳动得怪好看。但母亲连这个也不许我们玩弄。

"不是玩的!"她说。"太阳立刻就下山了,还不赶快做你们的事吗?……"

这在我们简直是件苦恼的事情。自从有了时钟以后，母亲对我们的监督愈加严了。她什么事情都要按着时候，甚至是早起、晚睡和三餐的时间。

冬天的日子特别短，天亮得迟黑得早。母亲虽然把我们睡眠的时间略略改动了些，但她自己总是照着平时的时间。大冷天，天还未亮，她就起来了。她把早饭煮好，房子收拾干净，拿着火炉来给我们烘衣服，催我们起床的时候，天才发亮，而我们也正睡得舒服，怕从被窝里钻出来。

"立刻要开饭了，不起来没有饭吃！"

她说完话就去预备碗筷。等我们穿好衣服，脸未洗完，她已经把饭菜摆在桌上。倘若我们不起来，她是决不等待我们的，从此要一直饿到中午，而且她半天也不理睬我们。

每次当她对我们说几点钟的时候，我们几乎都起了恐惧，因为她把我们的一切都用时间来限制，不准我们拖延。我们本来喜欢那架时钟的，以后却渐渐对它憎恶起来了。

"停了也好,坏了也好!"我们常常私自说。

但是它从来不停,也从来不坏。而且过了两三年,我们家里又加了一架时钟了。

那是我们阴配的嫂嫂的嫁妆。它比母亲的一架更时新,更美观,声音也更好听。它不用铃子,用的钢条圈,敲起来声音洪亮而且余音不绝。

我们喜欢这一架,因为它还有两个特点:比母亲的一架走得慢,常常走不到一星期就停了下来。

但母亲却喜欢旧的一架。她把新的放在门边的琴桌上,把揩抹和开发条的事情派给了姊姊。她屡次看时刻都走到自己的床边望那架旧的。

"你喜欢这一架,"母亲对姊姊说,"将来就给你做嫁妆吧。当然,这一架样子新,也值钱些。"

我想姊姊当时听了这话应该是高兴的。但我心里却很不快活。

我不希望母亲永久有一架那样准确而耐用的时钟。

那时钟,到得后来几乎代替了母亲的命令了。母亲不说话,它也就下起命令来。我们正睡得熟,它叮叮地叫着逼迫我们起床了;我们正玩得高兴,它叮叮地叫着,逼迫我们睡觉了;我们肚子不饿,它却叫我们吃饭;肚子饿了,它又不叫我们吃饭……

我们喜欢的是要快就快,要慢就慢,要走就走,要停就停的时钟。

姊姊虽然有幸,将得到一架那样的时钟,但在出嫁前两三个月,母亲忽然要把它修理了。

"好看只管好看,乱时辰是不行的,"她对姊姊说,"你去做媳妇,比不得在家里做女儿,可以糊里糊涂,自由自在呀。"

不知怎样,她竟打听出来了一个会修时钟的人,把他从远处请到家里,将那架新的拆开来,加了油,旋紧了某一个螺丝钉,弄了大半天。母亲请他吃了一顿饭,还用船送他回去。

于是姊姊的那架时钟果然非常准确了,几乎和母亲的一模一样。这在她是祸是福,我不知道。只记得她以后不再埋怨时钟,而且每次回到家里来,常常替代母亲把那架旧的用日晷来对准;同时她也已变得和母亲一样,一切都按照着一定的时间了。

我呢,自从第一次离开故乡后,也就认识了时钟的价值,知道了它对于人生的重大的意义,早已把憎恶它的心思一变而为喜爱的了。因为大的时钟不合用,我曾经买过许多挂表,既便于携带,式样又美观,价钱又便宜。

我记得第一次回家随身带着的是一只新出的夜明表,喜欢得连半夜醒来也要把它从枕头下拿来观看一番的。

"你看吧,妈,我这只表比你那架旧钟有用得多了,"我说着把它放在母亲的衣下。"黑角里也看得见,半夜里也看得见呢!"

但是母亲却并不喜欢。她冷淡地回答说:

"好玩罢了,并且是哑的。要看谁走得准、走得久呀。"

我本来是不喜欢那架旧钟的,现在给她这么一说,我愈加发现它的缺点了:式样既古旧,携带又不便利,而且摆置得不平稳或者稍受震动就会停止;到了夜里,睡得正甜蜜的时候,有时它叮叮敲着把人惊醒了过来,反之,醒着想知道是什么时候,却须静候到一个钟头才能听到它的报告。然而母亲却看不起我的新置的完美的挂表,重视着那架不合用的旧钟。这真使我对它发生更不快的感觉。

幸而母亲对我的态度却改变了。她现在像把我当做了客人似的,每天早晨并不催我起床,也并不自己先吃饭,总是等待着我,一直到饭菜冷了再热过一遍。她自己是仍按着时间早起、按着时间煮饭的,但她不再命令我依从她了。

"总要早起早睡。"她偶然也在无意中提醒我,而态度却是和婉的。

然而我始终不能依从她的愿望。我的习惯一年比一年坏了:起来得愈迟,睡得也愈迟,一切事情都漫无定时。我先后买过许多表,的确都是不准确的,也不耐久的;到得后来,索性连这一类表也没用处了。

但母亲却依然保留着她那架旧钟:屋子被火烧掉了,她抢出了那架旧钟,几次移居到上海,她都带着那架旧钟。

"给你买一架新的吧,不必带到上海去。"我说。母亲摇一摇头:

"你们用新的吧,我还是要这架用惯了的。"

到了上海,她首先拿出那架旧钟来,摆在自己的房里,仍是自己管理它。

它和海关的钟差不多准确,也不需要修理添油。只是外面的样子渐渐老了:白底黑字的计时盘这里那里起了斑疤,金漆也一块块地剥落了。

至于母亲,自从父亲去世后也就得了病,愈加老得快,消瘦下来,没有精力做事情。

"吃现成饭了,"她说,"一切由你们吧。"

她把家里的事情全交给了我和妻,常常躺在床上睡觉。

但是她早起的习惯没有改。天才一亮,她就起床了。她很容易饿,我们吃饭的时间就不得不和她分了开来。常常我们才吃过早饭,她就要吃中饭。她起初也等待我们,劝我们,日子久了,她知道没办法,便径自先吃了。

"一天到晚,只看见开饭,"她不高兴的时候,说。"我还是住在乡下好,这里看不惯!"

真的,她现在不常埋怨我们,可是一切都使她看不惯,她说要住到乡下去,立刻就要走的,怎样也留她不住。

"乡下冷清清的没有亲人。"我说。

"住惯了的。"

"把你顶喜欢的子孙带去吧。"

但是她不要。她只带着她那架旧钟回去。第二次再来上海时,仍带着那架旧钟。第三次,第四次……都是一样。

去年秋季,母亲最后一次离开了她所深爱的故乡。她自知身体衰弱到了极度,临行前对人家说:

"我怕不能再回来了。上海过老,也好的,全家在眼前……"

这一次她的行李很简单:一箱子的寿衣、一架时钟。到得上海,她又把那时钟放在她自己的房里。

果然从那时起,她起床的时候愈加少了,几乎一天到晚都躺在床上,而且不常醒来。只有天亮和三餐的时间,她还是按时地醒了过来。天气渐渐冷下来,母亲的病也渐渐沉重起来,不能再按时去开那架时钟,于是管理它的责任便到了我们的手里。但我们没有这习惯,常常忘记去开它,等到母亲说了几次钟停了,我们才去开足它的发条,而又因为没有别的时钟,常常无法纠正它,使它准确。

"要在一定时候开它,"母亲告诉我们说,"停久了,就会坏的,你们且搬它到自己的房里去吧,时时看见它就不会忘记了。"

我们依从母亲的话,便把她的时钟搬到了楼上房间里。几个月来,它也很少停止,因为一听到它的敲声的缓慢无力,我们便预先去开足了发条。

但是在母亲去世前的一个月里,我们忽然发现母亲的时钟异样了:明明是才开足二三天,敲声也急促有力,却在我们不注意中停止了。我们起初怀疑没放得平稳,随后以为是孩子们奔跳所震动,可是都不能证实。

不久,姊姊从故乡来了。她听到时钟的变化,便失了色,绝望地摇一摇头,说:

"妈的病不会好了,这是个不吉利的预兆……"

"迷信!"我立刻截断了她的话。

过了几天,我忽然发现时钟又停止了。是在夜里三点钟。早晨我到楼下去看母亲,听见她说话的声音特别低了,问她话老是无力回答。到了下半天,我们都在她床边侍候着,她昏昏沉沉地睡着,很少醒来。我们喊了许久,问她要不要喝水,她微微摇一摇头,非常低声地说:

"不要喊我……"

我们知道她醒来后是感到身体的痛苦的,也就依从着她的话,让她安睡着。这样一直到深夜,我们看见她低声哼着,想转身却转不过来,便喂了她一点点汤水,问她怎样。

"比上半夜难过……"她低声回答我们。

我觉得奇怪,怀疑她昏迷了。我想,现在不就是一点多钟以后她闭上了眼睛,正是头一天时钟自动地静默下来的那个时候。

它在他离开的晚上敲了一下／之前好几年都没响过／我们知道他的灵魂即将飞翔——／离开的时间到了／时钟还在走着／伴随着隐约的鸣响／我们静静站在他身旁／但是它不久就停住——再也不走了／在老人家去世以后（亨利·克雷·沃克1876年所作歌曲《古老的大钟》）

上半夜吗，她怎么当做了下半夜呢？我连忙走到楼上，却又不禁惊讶起来：

原来母亲的时钟已经过了一点钟了。

我不明白，母亲是怎样听见楼上的钟声的。楼下的房子既高，楼板又有二层。自从她的时钟搬到楼上后，她曾好几次问过我们钟点。前后左右的房子空的很多，贴邻的一家，平常又没听见有钟声。附近又没有报时的鸡啼。这一夜母亲的房子里又相当不静寂，姊姊在念经、女工在吹折锡箔，间而夹杂着我们的低语声、走动声。母亲怎样知道现在到了下半夜呢？

是母亲没有忘记时钟吗？是时钟永久跟随着母亲吗？我想问母亲，但是母亲不再说话了。一点多钟以后她闭上了眼睛，正是头一天时钟自动地静默下来的那个时刻。

失却了一位这样的主人，那架古旧的时钟怕是早已感觉到存在的悲苦了吧？唉……

童年的悲哀

这是如何地可怕,时光过得这样地迅速!

它像清晨的流星,它像夏夜的闪电,刹那间便溜了过去,而且,不知不觉地带着我那一生中最可爱的一叶走了。

像太阳已经下了山,夜渐渐展开了它的黑色的幕似的,我感觉到无穷的恐怖。像狂风卷着乱云,暴雨掀起波涛似的,我感觉到无边的惊骇。像周围哀啼着凄凉的鬼魉,影闪着死僵的人骸似的,我心中充满了不堪形容的悲哀和绝望。

谁说青年是一生中最宝贵的时代,是黄金的时代呢?我没有看见,我没有感觉到。我只看见黑暗与沉寂,我只感觉到苦恼与悲哀。是谁在这样说着,是谁在这样羡慕着,我愿意把这时代交给了他。

呵,我愿意回到我的可爱的童年时代,回到那梦幻的浮云的时代!

神呵,给我伟大的力,不能让我回到那时代去,至少也让我的回忆拍着翅膀飞到那最凄凉的一隅去,暂时让悲哀的梦来充实我吧!我愿意这样,因为即使是童年的悲哀也比青年的欢乐来得梦幻,来得甜蜜呵!

那是在哪一年,我不大记得了。好像是在我十一二岁的时候。

时间是在正月的初上。正是故乡锣声遍地、龙灯和马灯来往不绝的几天。

这是一年中最欢乐的几天。过了长久的生活的劳碌，乡下人都一致地暂时搁下了重担，用娱乐来洗涤他们的疲乏了。街上的店铺全都关了门。祠庙和桥上这里那里一堆堆地簇拥着打牌九的人群。平日最节俭的人在这几天里都握着满把的瓜子，不息地剥啄着。最正经最严肃的人现在都背着旗子或是敲着铜锣随着龙灯马灯出发了。他们谈笑着，歌唱着，没有一个人的脸上会发现忧愁的影子。孩子们像从笼里放出来的一般，到处跳跃着，放着鞭炮，或是在地上围做一团，用尖石划了格子打着钱，占据了街上的角隅。

母亲对我拘束得很严。她认为打钱一类的游戏是不长进的孩子们玩的，她平日总是不许我和其他的孩子们一同玩耍，她把她的钱柜子锁得很紧密。倘若我偶然在抽屉的角落里找到了几个铜钱，偷偷地出去和别的孩子们打钱，她便会很快地找到我，赶回家去大骂一顿，有时挨了一场打，还得挨一餐饿。

但一到正月初上，母亲就给我自由了。我不必再在抽屉角落里寻找剩余的铜钱，我自己的枕头下已有了母亲给我的丰富的压岁钱。除了当着大路以外，就在母亲的面前也可以和别的孩子们打钱了。

打钱的游戏是最方便最有趣不过的。只要两个孩子碰在一起，问一声"来不来？"回答说"怕你吗？"同找一块不太光滑也不太凹凸的石板，就地找一块小的尖石，划出一个四方的格子，再在方格里对着角划上两根斜线，就开始了。随后自有别的孩子们来陆续加入，摆下钱来，许多人簇拥在一堆。我虽然不常有机会打钱，没有练习得十分凶狠的铲法，但我却能很稳当地使用刨法，那就是不像铲似的把自己手中的钱往前面跌下去，却是往后落下去。用这种方法，无论能不能把别人的钱刨到格子或线外去，而自己的钱却能常常落在方格里，不会像铲似的，自己的钱总是一直冲到方格外面去，易于发生危险。

常和我打钱的多是一些年纪不相上下的孩子，而且都知道把自己的钱拿得最平稳。年纪小的不凑到我们这一伙来，年纪过大或拿钱拿得不平稳的也常被我们所拒绝。

在正月初上的几天里，我们总是到处打钱：祠堂里、街上、桥上、屋檐下，划满了方格。我的心像野马似的，欢喜得忘记了家，忘记了吃饭。

但有一天，正当我们闹得兴高采烈的时候，来了一个捣乱的孩子。

他比我们这一伙人都长得大些，他大约已经有了十四五岁，他的名字叫做生福。他没有母亲也没有父亲。他平时帮着人家划船，赚了钱一个人花费，不是挤到牌九摊里去，就是和他的一伙打铜板。他不大喜欢和人家打铜钱，他觉得输赢太小，没有多大的趣味。他的打法是很凶的，老是把自己的铜板紧紧地斜扣在手指中，狂风暴雨似的鏨了下去。因此在方格中很平稳地躺着的钱，别人打不出去的，常被他鏨了出去。同时，他的手又来得很快，每当将鏨之前，先伸出食指去摸一摸被打的钱，在人家不知不觉中把平稳地躺着的钱移动得有了蹊跷。这种打法，无论谁见了都要害怕。

好像因为前一天和我们一伙里的一个孩子吵了架的缘故，生福忽然走来在我们的格子里放下了一个铜板。在打铜钱的地方拿着铜板打原是未尝不可以的,但因为他向来打得很凶而且有点无赖,同时又看出他故意来捣乱的声势,我们一致拒绝了。

于是生福生了气,伸一只脚在我们的格子里,叫着说:

"石板是你们的吗?"

我们的眉毛都竖起了。——但因为是在正月里,大家觉得吵架不应该,同时也有点怕他生得蛮横,都收了钱让开了。

"到我家的檐口去!"一个孩子叫着说。

我们便都拥到那里,划起格子来。

那是靠河的一个檐口下,和我家的大门是连接着的。那个孩子的家里本在那间屋子的楼下开着米店,因为去年的生意亏了本,年底就决计结束不再开了。这时店堂的门半开着,外面一部分已经变做了客堂,里面还堆着一些米店的杂物。屋子是孩子家里的,檐口下的石板自然也是孩子家里的了。

但正当我们将要开始继续打钱的时候,生福又来了。他又在格子里放下了一个铜板。

"一道来!"他气忿地说。

"这是我家的石板!"那孩子叫了起来。

"石板会答应吗?你家的石板会说话吗?"

我们都站了起来,捏紧了拳头。每个人的心里都发了火了。辱骂的话成堆地从我们口里涌了出来。

于是生福像暴怒的老虎一般,竖着浓黑的眉毛,睁着红的眼睛,握着拳头,向我们一群扑了过来。

但是,他的拳头正将落在那个小主人的脸上时,他的耳朵忽然被人扯住了。

"你的拳头大些吗?"一个大人的声音在生福脑后响着。

我们都惊喜地叫起来了。

那是阿成哥,是我们最喜欢的阿成哥!

"打他几个耳光,阿成哥。他欺侮我们呢!"

生福已经怔住了。他显然怕阿成哥。阿成哥比他高了许多,气力也来得大。他是一个大人,已经上了二十岁。他能够挑很重的担子,走很远的路。他去年就是在现在已经关闭的米店里砻壳舂米。他一定要把生福痛打一顿的了,我们想。

但阿成哥却并不如此,反放了生福的耳朵。

"为的什么呢?"他问我们。

我们把生福欺侮我们的情形完全告诉了他。

于是阿成哥笑了。他转过脸去,对着生福说:

"来吧,你有几个铜板呢?"他一面说,一面掏着自己衣袋里的铜板。

生福又发气了,看见阿成哥这种态度。他立刻在地上格子里放下了一个铜板。

"打铜板不会打不过你!"

阿成哥微笑着,把自己的铜板也放了下去。

我们也就围拢去望着,都给阿成哥担起心来。我们向来没有看见过阿成哥和人家打过铜板,猜想他会输给生福。

果然生福气上加气,来得愈加凶狠了。他一连赢了阿成哥五六个铜板。阿成哥的铜板一放下去,就被他打出格子外。阿成哥连还手的机会也没有。

但阿成哥只是微笑着,任他去打。

过了一会,生福的铜板落在格子里了。

于是我们看见阿成哥的铜板很平稳地放在手指中,毫不用力地落了下来。

阿成哥的铜板和生福的铜板一同滚出了格子外。

"打铜板应该这样打法,拿得非常稳!"他笑着说,接连又打出了几个铜板。

"把它打到这边来,好不好?"他说着,果然把生福的铜板打到他所指的地方去了。

"打到那边去吧!"

生福的铜板往那边滚了。

"随便你摆吧——我把它打过这条线!"

生福的铜板果然滚过了他所指的线。

生福有点呆住了。阿成哥的铜板打出了他的铜板,总是随着滚出了格子外,接连着接连着,弄得生福没有还手的机会。

我们都看得出了神。

"錾是不公平的,要这样平稳地跌了下去才能叫人心服!"阿成哥说着,又打出了几个铜板。

"且让你打吧!我已赢了你五个。"

阿成哥息了下来,把铜板放在格子里。

但生福已经起了恐慌,没有把阿成哥的铜板打出去,自己的铜板却滚出了格子外。

我们注意着生福的衣袋,它过了几分钟渐渐轻松了。

"还有几个好输呢?"阿成哥笑着问他说,"留几个去买酱油醋吧!"

生福完全害怕了。他收了铜板,站了起来。

"你年纪大些!"他给自己解嘲似的说。

"像你年纪大些就想欺侮年纪小的,才是坏东西!——因为是在正月里,我饶恕了你的耳光!铜板拿去吧,我不要你这可怜虫的钱!"阿成哥笑着,把赢得的铜板丢在地上,走进店堂里去了。

我们都大笑了起来,心里痛快得难以言说。

生福红着脸,逡巡了一会,终于拾起地上的铜板踱开了。

我们伸着舌头,直望到生福转了弯,才拥到店堂里去看阿成哥。

阿成哥已从屋内拿了一支胡琴走出来,坐在长凳上调着弦。

他是一个粗人,但他却多才而又多艺,拉得一手很好的胡琴。每当工作完毕时,他总是独自坐在河边,拉着他的胡琴,口中唱着小调。于是便有很多的人围绕着他,静静地听着。我很喜欢胡琴的声音。这一群人中常有我在内。

在故乡,音乐是不常有的。每一个大人都庄重得了不得,偶然有人嘴里呼啸着调子,就会被人看做轻佻。至于拉胡琴之类,是愈加没有出息的人的玩意了。一年中,只有算命的瞎子弹着不成调的三弦来到屋檐下算命,夏夜有敲着小锣和竹鼓的瞎子唱新闻,秋收后祠堂里偶然敲着洋琴唱一台书,此外乐器声便不常听见。只有正月里玩龙灯和马灯的时候,胡琴最多,二三月间赛会时的鼓阁,乐器来得完备些。但因为玩乐器的人多半是一些不务正业或是职业卑微的人,稍微把自己看得高一点的人便对他们含了一种蔑视的思想。然而,音乐的力量到底是很大的,乡里人一听见乐器的声音,男女老小便都围了拢去,虽然他们自己并不喜欢玩什么乐器。

阿成哥在我们村上拉胡琴是有名的。因此大人们多喜欢他。我们孩子们常缠着他要他拉胡琴。到了正月,他常拿了他的胡琴,跟着龙灯或马灯四处地跑。这几天不晓得为了什么事,他没有出去。

似乎是因为赶走了生福的缘故,他心里高兴起来,这时又拿出胡琴来拉了。

这支胡琴的构造很简单而且粗糙。蒙着筒口的不是蛇皮,是一块将要破裂的薄板。琴杆、弦栓和筒子涂着浅淡的红色。价钱大约是很便宜的。它现在已经很旧,淡红色上已经加上了一道齷齪的油腻,有些地方的油漆完全褪了色。白色的松香灰粘满了筒子的上部和薄板,又扬上了琴杆的下部并在那里粘着。弓已弯曲得非常厉害,马尾稀疏得像要统统脱下来的样子。这在我孩子的眼里并不美丽。我曾经有几次要求阿成哥让我试拉一下,它只能发出非常难听的嘎声。

但不知怎的,这支胡琴到了阿成哥手里便发出很甜美的声音,有时像有什么在那声音里笑着跳着似的,有时又像有什么在那声音里哭泣着似的。听见了他的胡琴的声音,我常常呆睁着眼睛望着,惊异得出了神。

"你们哪一个来唱一曲呢?"这一天他拉完了一个调子,忽然笑着问我们说。"拣一个最熟的——《西湖栏杆》好不好?"

于是我们都红了脸叫着说:

"我不会!"

"谁相信!哪个不会唱《西湖栏杆》!先让我来唱一遍吧——没有什么可以怕羞!"

"好呀!你唱你唱!"我们一齐叫着说。

"我唱完了,你们要唱的呢!"

"随便指定一个吧!"

于是阿成哥调了一调弦,一面拉着一面唱起来了:

西湖栏杆冷又冷,妹叹第一声:
在郎哥出门去,一路要小心!

路上鲜花——郎呀少去采……

阿成哥假装着女人的声音唱着,清脆得像一个真的女人,又完全合了胡琴的高低。我们都静默地听着。

他唱完了又拉了一个过门,停了下来,笑着说:

"现在轮到你们了——哪一个?"

大家红着脸,一个一个都想溜开了。有几个孩子已站到门限上。

"不会!不会!"

"还是淅琴吧!"他忽然站起来,拖住了我的手。

我的心突然跳了起来,浑身像火烧一般,说不出话来,只是挣扎着,摇着头:

"不……不……"

"好呀!淅琴会唱!淅琴会唱!"孩子们又都跳了拢来,叫着说。

"不要怕羞!关了门吧!只有我们几个人听见!"阿成哥说着,松了手,走去关上了店门。

我已经完全在包围中了。孩子们都拥挤着我,叫嚷着。我不能不唱了。但我又怎能唱呢？《西湖栏杆》头一节是会唱的，但只在心里唱过，在没有人的时候唱过，至多也只在阿姊的面前唱过，向来却没有对着别的人唱过。

"唱吧唱吧！已经关了门了！"阿成哥催迫着。

"不会……不会唱……"

"唱吧唱吧！淅琴！不要客气了！"孩子们又叫嚷着。

我不能不唱了。我只好红着脸，说：

"可不要笑的呢！"

"他答应了！——要静静地听着的！"阿成哥对大众说。

"让我再来拉一回，随后你唱，高低要合胡琴的声音！"于是他又拉起来了。

听着他的胡琴的声音，我的心的跳动突然改变了情调，全身都像在颤动着一般。

他的胡琴先是很轻舒活泼的，这时忽然变得沉重而且呜咽了。

它呜咽着呜咽着,抽噎似的唱出了"妹叹第一声……"

"……"

"西湖栏杆冷又冷……"

他拉完了过门,我便这样地唱了起来,于是他的胡琴也毫不停顿地拉了下去,和我的歌声混合了。

"……"

"好呀!唱得好呀!……"孩子们喊了起来。

我已唱完了我所懂得的一节。胡琴也停住了。

我不知道我唱的什么,也不知道是怎样唱的。我只感觉到我的整个的心在强烈地击撞着。我像失了魂一般。

"比什么人都唱得好!最会唱的大人也没有唱得这样好!我头一次听见,渐琴!"阿成哥非常喜欢地叫着说。

我的心的跳动又突然改变了情调,像有一种大得不能负载的欢悦充塞了我的心。我默默坐下了。我感觉到我的头在燃烧着。我的灵魂像向着某处猛烈地冲了去似的……

就是从这一天起,我的灵魂向音乐飞去了。我需要音乐。我想像阿成哥握住我的手似的握住音乐。

因此我爱着了阿成哥,比爱任何人还爱他。

每当母亲对我说:"你去问问阿四叔、连品公公、阿成哥,看哪个明朝后日有工夫可以给我们来砻谷!"我总是先跑到阿成哥那里去。别个来砻谷,我懒洋洋地睁着眼睛睡在床上,很迟很迟地才起床,不高兴出去帮忙,尽管母亲一次又一次地骂着催着。阿成哥来了,我一清早就爬了起来,开开了栈房,把轻便的砻谷器具搬了出来,又帮着母亲备好了早饭,等待着阿成哥的来到。有时候还早,我便跑到桥头去等他。

他本来一向和气,见了人总是满面笑容。但我感觉到他对我的微笑来得格外亲热,像是一个母亲生的似的。因此我喜欢常在他身边。他砻谷时,我拿了一根竹竿,坐在他的对面赶鸡。他筛米时,我走近去拣着未曾破裂的谷子。

《西湖栏杆》这支小调一共有十节歌,就在砻谷的时候，他把其余的九节完全教会了我。

没有事的时候，他时常带了他的胡琴到我家里来，他拉着，我唱着。

他告诉我，用蛇皮蒙着筒口的胡琴叫做皮胡，他的这支用薄板蒙的叫做板胡。他喜欢板胡，因为板胡的声音比皮胡来得清脆。他说胡琴比箫和笛子好，因为胡琴可以随便变调，又可以自拉自唱；他会吹箫和笛子，但因为这个缘故，他只买了一支胡琴。

他又告诉我，外面的一根弦叫做子弦，里面的叫做二弦。他说有些人不用子弦，单用二弦和老弦是不大好听的，因为弦粗了便不大清脆。

他又告诉我，胡琴应该怎样拿法，指头应该怎样按法，哪一枚指头按着弦是"五"字，哪一枚指头按着弦是"六"字……

关于胡琴的一切，他都告诉我了！

于是我的心愈加燃烧了起来：我饥渴地希望得到一支胡琴。

但这是太困难了。母亲绝对不能允许我有一支胡琴。

最大的原因是,她认为唱歌、拉胡琴,都是下流人的游戏。

我父亲是一个正经人,他在洋行里做经理,赚得很多的钱,今年买田,明年买屋,乡里人都特别地尊敬他和母亲。他们只有我这一个儿子,他们对我的希望特别大。他们希望我将来做一个买办,造洋房,买田地,为一切的人所尊敬,做一个人上的人。

倘若外面传了开去,说某老板的儿子会拉胡琴,或者说某买办会拉胡琴,这成什么话呢?!

"你靠拉胡琴吃饭吗?"母亲问我说,每次当我稍微露出买一支胡琴的意思的时候。

是的,靠拉胡琴吃饭是不可能的,即使可能,我也不愿意。这是多么羞耻的事情,倘若我拉着胡琴去散人家的心,而从这里像乞丐似的得到了饭吃。

但我喜欢胡琴,我的耳朵喜欢听见胡琴的声音,我的手指想按着胡琴的弦,我希望胡琴的声音能从我的手指下发出来。这欲望在强烈地鼓动着我,叫我无论如何须去获得一支胡琴。

于是,我终于想出一个方法了。

那是在同年的夏天里,当我家改造屋子的时候。那时木匠和瓦匠天天在我们家里做着工。到处堆满了木料和砖瓦。

在木匠师傅吃饭去的时候,我找出了一根细小的长的木头。我决定把它当做胡琴的杆子,用木匠师傅的斧头劈着。但他们所用的斧头太重了,我拿得很吃力,许久许久还劈不好。我怕人家会阻挡我拿那样重的斧头,因此我只在没有人的时候劈;看看他们快要吃完饭,我便息了下来,把木头藏在一个地方。这样的继续了几天,终于被一个木匠师傅看见了。他问我做什么用,我不肯告诉他。我怕他会笑我,或者还会告诉我的母亲。

"我自有用处!"我回答他说。

他问我要劈成什么样子,我告诉他要扁的方的。他笑着想了半天,总是想不出来。

但看我劈得太吃力,又恐怕我劈伤了手,这个好木匠代我劈了。

"这样够大了吗?"

"还要小一点。"

"这样如何呢?"

"再扁一点吧。"

"好了吧?我给你刨一刨光罢!"他说着,便用刨给我刨了起来。

待木头变成了一根长的光滑的扁平的杆子时,我收回了。那杆子的下部分是应该圆的,但因为恐怕他看出来,我把这件工作留给了自己,秘密地进行着。刨比斧头轻了好几倍,我一点也不感觉到困难。

随后我又用刨和锉刀做了两个大的,一头小一头大的,圆的弦栓。

在旧罐头中,我找到了一个洋铁的牛乳罐头,我剪去了厚的底,留了薄的一面,又在罐背上用剪刀凿了两个适合杆子下部分的洞。

只是还有一个困难的问题不容易解决。

那就是杆子上插弦栓的两个洞。

我用凿子试了一试,觉得太大,而且杆子有破裂的危险。

我想了。我想到阿成哥的胡琴杆上的洞口是露着火烧过的痕迹的。怎样烧的呢?这是最容易烧毁杆子的。

我决定了它是用火烫出来的。

于是我把家中缝衣用的烙铁在火坑里煨了一会,用烙铁尖去试了一下。

它只稍微焦了一点。

我又思索了。

我记起了做铜匠的定法叔家里有一个风扇炉,他常常把一块铁煨得血红的烫东西。烫下去时,会吱吱地响着,冒出烟来。我的杆子也应该这样烫才是,我想。

我到他家里去逡巡了几次,看他有没有生炉子。过了几天,炉子果然生起来了。

于是我拿了琴杆和一枚粗大的洋铁去,请求他自己用完炉子后让我一用。

定法叔立刻答应了我。在叔伯辈中，他是待我最好的一个。我有所要求，他总答应我。我要把针做成鱼钩时，他常借给我小铁钳和锉刀。母亲要我到三里路远近的大碶头买东西去时，他常叫我不要去，代我去买了来。他很忙，一面开着铜店，一面又在同一间房子里开着小店，贩卖老酒、洋油和纸烟。同时他还要代这家挑担，代那家买东西，出了力不够，还常常赔了一些点心钱和小费。母亲因为他太好了，常常不去烦劳他，但他却不时地走来问母亲，要不要做这个做那个，他实在是不能再忠厚诚实了。

这一天也和平日一般的，他在忙碌中看见我用洋钉烫琴杆不易见功，他就找出了一枚大一点的铁锥，在火里煨得血红，又在琴杆上撒了一些松香，很快地代我烫好了两个圆洞。

弦是很便宜的，在大碶头一家小店里，我买来了两根弦。

从柴堆里，我又选了一根细竹，削去了竹叶；从母亲的线篮中，我剪了一束纯麻；这两样合起来，便成了我的胡琴的弓。

松香是定法叔送给我的。

我的胡琴制成了。

我非常地高兴,开始试验我的新的胡琴,背着母亲拉了起来。

但它怎样也发不出声音,弓只是在弦上没有声息地滑了过去。

这使我起了极大的失望,我不知道它的毛病在哪里。我四处寻找我的胡琴和别的胡琴不同的地方,我发现了别的弓用的是马尾,我的是麻。我起初不很相信这两样有什么分别,因为它和马尾的样子差不多,它还没有制成线。随后我便假定了是弓的毛病,决计往大碶头去买了。

这时我感觉到这有三个困难的问题。第一是,铺子里的弓都套在胡琴上,似乎没有单卖弓的;第二是,如果响不响全在弓的关系,它的价钱一定很贵;第三是,这样长的一支弓从大碶头拿到家里来,路上会被人家看见,引起取笑。

但头二样是过虑的。店铺里的主人答应我可以单买一支弓,它的价值也很便宜,不到一角钱。

第三种困难也有了解决的办法。

我穿了一件竹布长衫到大碶头去。买了弓,我把它放在长衫里面,右手插进衣缝,装出插在口袋里的模样,握住了弓。我急忙地走回家来。偶一遇见熟人,我就红了脸,闪了过去,弓虽然是这样地藏着,它显然是容易被人看出的。

就在这一天,我有了一支真的胡琴了。

它发出异常洪亮的声音。

母亲和阿姊都惊异地跑了出来。

"这是哪里来的呢?……"母亲的声音里没有一点责备我的神气,她微笑着,显然是惊异得快乐了。

我把一切的经过,统统告诉了她,我又告诉她,我想请阿成哥教我拉胡琴。她答应我,随便玩玩,不要拿到外面去,她说在外面拉胡琴是丢脸的。我也同意了她的意思。

当天晚上,我就请了阿成哥来。他也非常地惊异,他说我比什么人都聪明。他试了一试我的胡琴说,声音很洪亮,和他的一支绝对不同,只是洪亮中带着一种哭丧的声音,那大约是我的一支用洋铁罐做的原因。

我特别喜欢这种哭丧的声音。我觉得它能格外感动人。它像一个嗄了喉咙的男子在哭诉一般。阿成哥也说,这种声音是很特别的,许多胡琴只能发出清脆的女人的声音,就是皮胡的里弦最低的声音也不大像男子的声音,而哭丧的声音则更其来得特别,这在别的胡琴上,只能用左手指头颤动着发出来,但还没有这样的自然。

"可是,"阿成哥对我说,"这支胡琴也有一种缺点,那就是,怎样也拉不出快乐的调子。因为它生成是这样的。"

我完全满意了。我觉得这样更好:让别个去拉快乐的调子,我来拉不快乐的调子。

阿成哥很快地教会了我几个调子。他不会写字,只晓得念谱子。他常常到我家里来,一面拉着胡琴,一面念着谱子,叫我写在纸头上。谱子写出了以后,我就不必要他常在我身边,自己可以渐渐拉熟了。

第二年春间,我由私塾转到了小学校。那里每礼拜上一次唱歌,我抄了不少的歌谱,回家时带了来,用胡琴拉着。我已住在学校里,很想把我的胡琴带到学校里去,但因为怕先生说话,我只好每礼拜回家时拉几次,在学校里便学着弹风琴。

阿成哥已在大碶头一家米店里做活,他不常回家,我也不常回家,不大容易碰着。偶然碰着了,他就拿了他自己的胡琴到我家里来,两个人一起拉着。有时,他的胡琴放在米店里,没有带来时,我们便一个人拉着,一个人唱着。

阿成哥家里有只划船。他很小时帮着他父亲划船度日。他除了父亲和母亲之外,还有一个哥哥和一个弟弟。因为他比他的兄弟能干,所以他做了米师傅。他很能游泳,虽然他现在已经不常和水接近了。

有一次,夏天的下午,他坐在桥上和人家谈天,不知怎的,忽然和一个人打起赌来了。他说,他能够背着一只稻桶游过河。这个没有谁会相信,因为稻桶

又大又重，农人们背着在路上走都还觉得吃力。如果说，把这只稻桶浮在水面上，游着推了过去或是拖了过去，倒还可能，如果背在肩上，人就会动弹不得，而且因了它的重量，头就会沉到水里，不能露在水面了。但阿成哥固执地说他能够，和人家赌下了一个西瓜。

稻桶上大下小，四方形，像一个极大的升子。我平时曾经和同伴们躲在里面游戏过，那里可以蹲下四五个孩子，看不见形迹。阿成哥竟背了这样的东西，拣了一段最阔的河道游过去了。我站在岸上望着，捏了一把汗，怕他的头沉到水里去。这样，输了西瓜倒不要紧，他还须吃几口水。

阿成哥从这一边游到那一边了。我的忧虑是多余的。他的脚好像踏着水底一般，只微微看见他的一只手在水里拨动着，背着稻桶，头露在水面上，走了过去。岸上的看众都拍着手，大声地叫着。

阿成哥看见岸上的人这样喝彩，特别高兴了起来。他像立着似的空手游回来时，整个的胸部露出在水面上，有时连肚脐也露出来了。这使岸上的看众的拍掌声和喝彩声愈加大了起来。这样地会游泳，不但我们年纪小的没有看见过，就连年纪大的也是罕见的。

阿成哥就在人声嘈杂中上了岸，走进埠头边一只划船里，换了衣服，笑嘻嘻地走到桥上来。桥上一个大西瓜已经切开在那里。他看见我也在那里，立刻拣了一块送给我吃。

"吃了西瓜，到你家里去！"他非常高兴地对我说。

他的眼睛里充满了快乐，他的面上满是和蔼的笑容。我说不出的幸福。我觉得世上没有比他更可爱的人了。

这一天下午，他在我家里差不多坐了两个钟头。我的胡琴在他手里发出了一种和平常特别不同的声音，异常的快乐，那显然是他心里非常快乐的缘故。

但这样快乐的夏天，阿成哥从此不复有了。从第二年的春天起，他在屋子里受着苦，直到第二个夏天。

那是发生在三月里的一天下午，正当菜花满野盛放的时候。

他太快乐了。再过一天,他家里就将给他举行发送的盛会。这是订婚后第二次,也就是最后一次的礼节。同年十月间,他将和一个女子结婚了。他家里的人都在忙着给他办礼物。他自己也忙碌得异常。

这一天,他在前面,他的哥哥提着一篮礼物跟在他后面向家里走来。走了一半多路,过了一个凉亭,再转过一个屋弄,就将望见他们自己屋子的地方,他遇见了一只狗。

它拦着路躺着,看见阿成哥走来,没有让开。

阿成哥已经在狗的身边走了过去。不知怎的,他心里忽然不高兴起来。他回转身来,瞥了狗一眼,一脚踢了过去。

"畜生!躺在当路上!"

狗突然跳起身,睁着火一般的眼睛,非常迅速地,连叫也没有叫,就在阿成哥脚骨上咬了一口,随后像并没有什么事似的,它垂着尾巴走进了菜花丛里。

阿成哥叫了一声,倒在地下了。他的脚骨已连裤子被狗咬破了一大块，鲜血奔流了出来。这一天他走得特别快，他的哥哥已经被他遗落在后方，直待他赶到时，阿成哥已痛得发了昏。他再也站不起来了。

他的哥哥把他背回家里，他发了几天的烧。全家的人本是很快乐的，这时都起了异常的惊骇。据说，菜花一黄，蛇都从洞里钻了出来，狗吃了毒蛇，便花了眼，发了疯，被它咬着的人，过了一百二十天是要死亡的。神农尝百草，一直到现在还没有发现医治疯狗咬的药。

为什么要在这一天呢？大家都绝望地想着。这是一个非常不吉利的预兆。没有谁相信阿成哥能跳出这个灾难。

他的父亲像在哄骗自己似的，终于东奔西跑，给他找到了一个卖草头药的郎中，给他吃了一点药，又敷上了一些草药。郎中告诉他，须给阿成哥一间最清静的房子，把窗户统统关闭起来，第一是忌色，第二是忌烟酒肉食，第三是忌声音，这样地在屋子里躲过一百二十天，他才有救。

然而阿成哥不久就复原了。他的创口已经收了口,没有什么疼痛,他的精神也已和先前一样。他不相信郎中和别人的话,他怎样也不能这样地度过一百二十天。他总是闹着要出来。但因为他家里劝慰他的人多,他也终于闹了一下,又安静了。

我那时正在学校里,回家后,听见母亲这样说,我才知道了一切。我想去看他,但母亲说,这是不可能的,吵闹了他,他的病会发作起来。母亲告诉我的话是太可怕了。她说,被疯狗咬过的人是绝对没有希望的。她说,毒从创口里进了去,在肚子里会长出小狗来的,创口好像是好了,但在那里会生长狗毛,满了一百二十天,好了则已,不好了,人的眼睛会像疯狗似的变得又花又红,不认得什么人,乱叫乱咬,谁被他咬着,谁也便会变疯狗死去。她不许我去看他,我也不敢去看他,虽然我只是记挂着他。我只每礼拜六回家时打听他的消息。他的灾难使我太绝望了,我总是觉得他没有救星了似的。许久许久,我没有心思去动一动我的胡琴。母亲知道我记挂着阿成哥,因此她时常去打听阿成哥的消息，待我回家时，就首先报告给我听。

到了暑假，我回家后，母亲告诉我，大约阿成哥不要紧了。她说，疯狗咬也有一百天发作的，他现在已经过了一百天，他精神和身体一点没有什么变化。他已稍稍地走到街上来了。有一次母亲还遇见过他，他问我的学校哪一天放暑假。只是母亲仍不许我去看他，她说她听见人家讲，阿成哥有几个相好的女人，只怕他犯了色，还有危险，因为还没有过一百二十天。

但有一天的晚间，我终于遇见他了。

他和平时没有什么分别，只微微清瘦一点。他的体格还依然显露着强健的样子，脸色也还和以前一样的红棕色，只微微淡了一点，大概是在屋子里住得久了。他拿着一根钓鲤鱼的竿子，在河边逡巡着观望鲤鱼的水泡。我几乎忘记了他的病，奔过去叫了起来。

他的眼睛里露出了欣喜和安慰的光，他显然也是渴念着我的。他立刻收了鱼竿，同我一起到我的家里来。母亲听见他来了，立刻泡了一杯茶，关切地问他的病状。他说他一点也没有病,别人的忧虑是多余的。他不相信被疯狗咬有那样的危险。他把他的右脚骨伸出来,揭开了膏药给我们看,那里没有血也没有脓,创口已经完全收了口。他本想连这个膏药也不要,但因为别人固执地要他贴着,他也就随便贴了一个。他有点埋怨他家里的人,他说他们太大惊小怪了。他说一个这样强壮的人,咬破了一个小洞有什么要紧。他说话的时候态度很自然。他很快乐,又见到了我。他对于自己被疯狗咬的事几乎一点也不关心。

我把我的胡琴拿出来提给他,他接在手里,看了一会,说:

"灰很重,你也许久没有拉了罢?"

我点了点头。

于是母亲告诉他,我怎样地记挂着他,怎样地一回家就想去看他,因为恐怕扰乱他的清静,所以没有去。

阿成哥很感动地说,他也常在记挂着我,他几次想出来都被他家里人阻住了。他也已经许久没有拉胡琴了,他觉得一个人独唱独拉是很少兴趣的。

随后他便兴奋地拉起胡琴来,我感动得睁着眼睛望着他和胡琴。我觉得他的情调忽然改变了。原是和平常所拉的一个调子,今天竟在他手里充满了忧郁的情绪,哭丧声来得特别多也特别拖长了。不知怎地,我心中觉得异常的凄凉,我本是很快乐的,今天能够见着他,而且重又同他坐在一起玩弄胡琴,但在这快乐中我又有了异样的感觉,那是沉重而且凄凉的一种预感。我只默然倾听着,但我的精神似乎并没有集中在那里,我的眼前现出了可怕的幻影:一只红眼睛垂尾巴的疯狗在追逐阿成哥,在他的脚骨上咬了一口,于是阿成哥倒下地了,满地流着鲜红的血,阿成哥站起来时,眼睛也变得红了,圆睁着,张着大的嘴,露着獠牙,追逐着周围的人,剌剌地咬着石头和树木,咬得满口都是血,随后从他的肚子里吐出来几只小的疯狗,跳跃着,追逐着一切的人……于是阿成哥自己又倒在地上,在血泊中死去了……有许多人号哭着……

"浙琴!"母亲突然叫醒了我,"做什么这样地呆坐着呢？今天遇见了阿成哥了，应该快活了吧？跟着唱一曲不好吗？"

我觉得我的脸发烧了。我怎么唱得出呢？这已经是最后一次了，我从此不能再见到阿成哥，阿成哥也不能再见到我了。命运安排好了一切，叫他离开了我，离开了这世界，而且迅速地，非常迅速地，就在第三天的下午。

天气为什么要变得和我的心一般地凄凉呢？没有谁能够知道。它刮着大风，雪盖满了天空，和我的心一般地恐怖与悲伤。

街上有几个人聚在一起，恐怖地低声地谈着话。这显然是出了意外的事了。我走近去听，正是关于阿成哥的事。

"……绳子几乎被他挣断了……房里的东西都被他撞翻在地上……磨着牙齿要咬他的哥哥和父亲……他骂他的父亲，说前生和他有仇恨……门被他撞了个窟窿，他想冲出来，终于被他的哥哥和父亲绑住了……咬碎了一只茶杯，吐了许多血……正是一百二十天，一点没有救星……"

像冷水倾泼在我的头上一般，我恐怖得发起抖来。在街上乱奔了一阵，我在阿成哥屋门口的一块田里踉跄地走着。

屋内有女人的哭声，此外一切都沉寂着。没有看见谁在屋内外走动。风在屋前呼啸着，凄凉而且悲伤。

我瞥见在我的脚旁，稻田中，有一堆夹杂着柴灰的鲜血……

我惊骇地跳了起来，狂奔着回到了家里……

我不能知道我的心是在怎样地击撞着，我的头是在怎样地燃烧着，我一倒在床上便昏了过去。

当阿成哥活着的时候，世上没有比他更可爱的人；当阿成哥死去时，也没有比他更可怕的了。

我出世以来，附近死过许多人，但我没有一次感觉到这样地恐怖过。

当天晚间，风又送了一阵悲伤的哭声和凄凉的钉棺盖声进了我的耳里……

从此我失去了阿成哥，也失去了一切……

从此我失去了阿成哥，也失去了一切……

乡土文学在中国现代文学史上有着很深的根基："人情同于怀土"，大恋所存，固不仅鲁彦而已。（唐弢《晦庵书话·乡土文学》）

……

命运为什么要在我的稚弱的心上砍下一个这样深的创伤呢！我不能够知道。它给了我欢乐，又给了我悲哀。而这悲哀是无底的、无边的。

一切都跟着时光飞也似的溜过去了，只有这悲哀还存留在我的心的深处。每当音乐的声音一触着我的耳膜，悲哀便侵袭到我的心上来，使我记起了阿成哥。

阿成哥的命运是太苦了，他死后还遭了什么样的蹂躏，我不忍说出来……

我呢，我从此也被幸福所摈弃了。

就在他死后第二年，我离开了故乡，一直到现在，还是在外面飘流着。

前两年当我回家时，母亲拿出了我自制的胡琴，对我说：

"看哪！你小时做的胡琴还代你好好地保留着呢！"

但我已不能再和我的胡琴接触了。我曾经做过甜蜜的音乐的梦，而它现在已经消失了。甚至连这样也不可能：就靠着拉胡琴吃饭，如母亲所说的，卑劣地度过这一生罢！

最近，我和幸福愈加隔离得远了。我的胡琴，和胡琴同时建造起来的故乡的屋子，已一起被火烧成了灰烬。这仿佛在预告着，我将有一个更可怕的未来。

青年时代是黄金的时代，或许在别人是这样的罢？但至少在我这里是无从证明了。我过的烦恼的日子太多了，我看不见幸福的一线微光。

这样的生活下去是太苦了……

我愿意……

食味杂记

如其他的宁波人一般,我们家里每当十一二月间也要做一石左右米的点心,磨几斗糯米的汤果。所谓点心,就是有些地方的年糕,不过在我们那里还包括着形式略异的薄饼、厚饼、元宝等等。汤果则和汤团(有些地方叫做元宵团)完全是一类的东西,所差的是汤果只如钮子那样大小而且没有馅子。点心和汤果做成后,我们几乎天天要煮着当饭吃。我们一家人都非常地喜欢这两种东西,正如其他的宁波人一般。

母亲、姐姐、妹妹和我都喜欢吃咸的东西。我们总是用菜煮点心和汤果。但父亲的口味恰和我们的相反,他喜欢吃甜的东西。我们每年盼望父亲回家过年,只是要煮点心和汤果吃时,父亲若在家里便有点为难了。父亲吃咸的东西正如我们吃甜的东西一般,一样地咽不下去。我们两方面都难以迁就。母亲是最要省钱的,到了这时也只有甜的和咸的各煮一锅。照普遍的宁波人的俗例,正月初一必须吃一天甜汤果,因此欢天喜地的元旦在我们是一个磨难的日子,我们常常私自谈起,都有点怪祖宗不该创下这种规例。腻滑滑的甜汤果,我们勉强而又勉强地还吃不下一碗,父亲却能吃三四碗。我们对于父亲的嗜好都觉得奇怪、神秘。"甜的东西是没有一点味的。"我每每对父亲说。

二十几年来,我不仅不喜欢吃甜的东西,而且看见甜的(糖却是例外)还害怕,而至于厌憎。去年珊妹给我的信中有一句"蜜饯一般甜的……"竟忽然引起了我的趣味,觉得甜的滋味中还有令人魂飞的诗意,不能不去探索一下。因此遇到甜的东西，每每捐除了成见，带着几分好奇心情去尝试。直到现在，我的舌头仿佛和以前不同了。它并不觉得甜的没有味，在甜的和咸的东西在面前时，它都要吃一点。"甜的东西是没有一点味的"，这句话我现在不说了。

从前在家里，梅还没有成熟的时候，母亲是不许我去买来吃的，因为太酸了。但明买不能，偷买却还做得到。我非常爱吃酸的东西，我觉得梅熟了反而没有味，梅的美味即在未成熟的时候。故乡的杨梅甜中带酸，在果类中算最美味的，我每每吃得牙齿不能吃饭。大概就是因为吃酸的果品吃惯了，近几年来在吃饭的时候，总是想把任何菜浸在醋中吃。有一年在南京，几乎每餐要一二碗醋。不仅浸菜吃，竟喝着下饭了。朋友们都有点惊骇，他们觉得这是一种古怪的嗜好，仿佛背后有神的力一般。但这在我是再平常也没有的事情了。醋是一种美味的东西，绝不是使人害怕的东西，在我觉得。

许多人以为浙江人都不会吃辣椒，这却不对。据我所知，三江一带的地方，出辣椒的很多，会吃辣椒的人也很多。至于宁波，确是不大容易得到辣椒，宁波人除了少数在外地久住的人外，差不多都不会吃辣椒。辣椒在我们那边的乡间只是一种玩赏品。人家多把它种在小小的花盆里，和鸡冠花、满堂红之类排列在一处，欣赏辣椒由青色变成红色。那里的种类很少，大一点的非常不易得到，普通多是一种圆形的像钮子般大小的所谓钮子辣茄（宁波人喊辣椒为辣茄），但这一种也还并不多见。我年幼时不晓得辣椒是可以吃的东西，只晓得它很辣，除了玩赏之外还可以欺侮新娘子或新女婿。谁家的花轿进了门，常常便有许多孩子拿了羊尾巴或辣椒伸手到轿内去，往新娘子的嘴上抹。新女婿第一次到岳家时，年青的男女常常串通了厨子，暗地里在他的饭内拌一点辣椒，看他辣得皱上眉毛，张着口，胥胥地响着，大家就哄然笑了起来。我自在北方吃惯了辣椒，去年回到家里要买一点吃吃，便感到非常地苦恼。好容易从城里买了一篮（据说城里有辣椒出卖还是最近几年的事），味道却如青菜一般一点也不辣。邻居听说我能吃辣椒，都当做一种新闻传说。平常一提到我，总要连带地提到辣椒。他们似乎把我当做一个外地人看待。他们看见我吃辣椒，便要发笑。我从他们眼光中发觉到他们的脑中存着"他是夷狄之邦的人"的意思。

南方人到北方来最怕的是北方人口中的大蒜臭。然而这臭在北方人却是一种极可爱的香气。在南方人闻了要吐，在北方人闻了大概比仁丹还能提神。我以前在北京好几处看见有人在吃茶时从衣袋里摸出一包生大蒜头，也同别人一样地奇怪，一样地害怕。但后来吃了几次，觉得这味道实在比辣椒好得多，吃了大蒜以后还有一种后味和香气久久地留在口中。今年端午节吃粽子，甚至用它拌着吃了。"大蒜是臭的"这句话，从此离开了我的嘴巴。

宁波人腌菜和湖南人不同。湖南人多是把菜晒干了切碎，装入坛里，用草和蒌片塞住了坛口，把坛倒竖在一只盛少许清水的小缸里。这样，空气不易进去，坛中的菜放一年两年也不易腐败，只要你常常调换小缸里的清水。宁波人腌菜多是把菜洗净，塞入坛内，撒上盐，倒入水，让它浸着。这样做法，在一礼拜至两月中咸菜的味道确是极其鲜嫩，但日子久了，它就要慢慢地腐败，腐败得臭不堪闻，而至于坛中拥浮着无数的虫。然而宁波人到了这时不但不肯弃掉，反而比才腌的更喜欢吃了。有许多乡下人家的陈咸菜一直吃到新咸菜可吃时还有。这原因除了节钱之外，还有一个原因是为的越臭越好吃。还有一种为宁波人所最喜欢吃的是所谓"臭苋菜股"。这是用苋菜的干腌菜似的做成的。它的腐败比咸菜容易，其臭气也比咸菜来得厉害。他们常常把这种已臭的汤倒一点到未臭的咸菜里去，使这未臭的咸菜也赶快地臭起来。有时煮什么菜，他们也加上一两碗臭汤。有的人闻到了邻居的臭汤气，心里就非常地神往；若是在谁家讨得了一碗，便千谢万谢，如得到了宝贝一般。我在北方住久了，不常吃鱼，去年回到家里一闻到鱼的腥气就要呕吐，惟几年没有吃臭咸菜和臭苋菜股，见了却还一如从前那么地喜欢。在我觉得这种臭气中分明有比芝兰还香的气息，有比肥肉鲜鱼还美的味道。然而和外省人谈话中偶尔提及，他们就要掩鼻而走了，仿佛这臭食物不是人类所该吃的一般。

秋雨的诉苦

"啊,秋雨哭了,秋雨大哭了!有什么悲哀在你的心中吗?有什么痛苦在你的灵魂里吗?告诉我,亲爱的,你有了什么事情了?"听见了秋雨的淅沥淅沥的悲伤的哭泣,我在床上朦胧地问。

"我原是在高大的天上飘游着的,我原是在广阔的天上飘游着的,"秋雨用颤动的声音忧郁地回答说,"那里有许多为我所爱的朋友,那里有许多我所爱的朋友,他们的心系住了我的心，我的心混合了他们的心。我们由来的地方各不相同，但我们却和恋人般地共同生活着。我们的中间向来没有发生过什么争斗，也没有谁知道争斗是什么。用坚强的臂膀，我们互相拥抱着，用热烈的嘴唇，我们互相亲吻着。我们的父亲，统治着天国的，是自由，他永不曾阻碍过我们，我们要到哪里去，就到哪里去。我们的母亲，养育我们的，是美，她每天每分钟给我们穿着各色的衣衫……那时在我的心中的满是欢乐，在我的灵魂里的毫无痛苦……

"但是，昨夜灾难落在我们的头上了，风发狂似的吹了起来，我们为严寒所迫，一起凝冻着，不息地往地上落下来了……

"地太小了，地太脏了，到处都黑暗，到处都讨厌。人人只知道爱金钱，不知道爱自由，也不知道美。你们人类的中间没有一点亲爱，只有仇恨。你们人类，夜间像猪一般地甜甜蜜蜜地睡着，白天像狗一般地争斗着，厮打着……

"这样的世界，我看得惯吗？我为什么不应该哭呢？在野蛮的世界上，让野兽们去生活着罢，但是我不，我们不……唔，我现在要离开这世界，到地底去了……"

说了这话，秋雨便淅沥淅沥地响着，仿佛往地下钻了进去。

我羞愧地用被盖住了面孔，随后又像猪一般地极甜蜜地睡熟了。

我们的太平洋

倘若我问你:"你喜欢西湖吗?"你一定回答说:"是的,我非常喜欢!"

但是,倘若我问你说:"你喜欢后湖吗?"你一定摇一摇头说:"哪里比得上西湖!"或者,你竟露着奇异的眼光,反问我说:"哪一个后湖呀?"

哦,我所说的是南京的后湖,它又叫做玄武湖。

倘若你以前到过南京,你一定知道这个又叫做玄武湖的后湖。倘若你近来住在南京或到过南京，你一定知道它又改了名字了。它现在叫做五洲公园了，是不是？

但是，说你喜欢，我不能够代你确定地答复，如其说你喜欢后湖比喜欢西湖更甚，那我简直想也不敢这样想了，自然，你一定更喜欢西湖的。

然而，我自己却和你相反。我更喜欢后湖。你要用西湖的山水名胜来和我所喜欢的后湖比较，你是徒然的。我是不注意这些。我可以给你满意的答复："后湖并不像西湖那样地秀丽。"而且我还敢保证你说："你更喜欢西湖，是完全对的。"但我这样的说法，可并不取消我自己的喜欢。我自己，还是更喜欢后湖的。

后湖的一边有一座紫金山，你一定知道。它很高。它没有生产什么树木。它只是一座裸秃的山，一座没有春夏的山。没有什么山洞。也没有什么蹊径。它这里的云雾没有像在西湖的那么神秘奇妙，不能引起你的甜美的幻梦。它能给你的常是寂寞与悲凉，浩歌与哀悼。但是，这样也就很好了，我觉得。它虽没有西湖的秀丽，它可有它的雄壮。

后湖的又一边有一座城墙，你也一定知道。这是西湖所没有的。在游人这一点上来比较，有点像西湖的苏堤。但是它没有妩媚的红桃绿柳的映衬。它是一座废堞残垣的古城。它不能给青年男女黄金一般的迷梦。你到了那里，就好像热情之神 Apollo 到了雅典的卫城上，发觉了潜伏在幸福背后的悲哀。我觉得，这样更好。它能使你味澈到人生的真谛。

但是我喜欢后湖，还不在这里。我对它的喜欢的开始，这不是在最近。那已是十年以前的事了。

十年以前，我曾在南京住了将近半年。如同我喜欢吃多量的醋——你可不要取笑我——拌干丝一样，我几乎是天天到后湖去的。我很少独自去的时候，常有很多的同伴。有时，一只船容不下，便分开在两只船里。

第一个使我喜欢后湖的原因，是在同伴。他们都和我一样年青，活泼得有点类于疯狂的放荡。大家还不曾肩上生活的重担，只知道快乐。只有其中的一位广东朋友，常去拜访爱人被取笑"割草"的，和我已经负上了人的生活的担子的，比较有点忧郁，但是实际上还是非常地轻微，它像是浮云一样，最容易被微风吹开。这几个有着十足的天真的青年凑在一起，有说有笑，有叫有唱，常常到后湖去，于是后湖便被我喜欢了。

　　第二个原因，是在船。它是一种平常的、朴素的小渔船，没有修饰，老老实实地破着，漏的漏着。船中偶然放着一二个乡人用的小竹椅或破板凳，我们须分坐在船头和船栏上。没有篷，使我们容易接受阳光或风雨，船里有了四支桨、一支篙。船夫并不拘束我们，不需要他时他可以留岸上。我是从小在故乡的河里，瞒着母亲弄惯了船的，我当然非常高兴拿着一支桨坐在船尾，替代了船夫。船既由我们自己弄，于是要纵要横，要搁浅要抛锚，要靠岸要随风飘荡，一切都可以随便了。这样，船既朴素得可爱，又玩得自由，后湖便更被我喜欢了。

　　第三个原因是湖中的茭儿菜与荷花。当它们最茂

盛的时候,很多地方几乎只有一线狭窄的船路。船从中间驶了去,沙沙地挤动着两边的枝叶,闻到清鲜的香气,时时受到叶上的水滴的袭击。它们高高地遮住了我们的视线,迷住了我们的方向,柳暗花明地常常觉得前面是绝径了,又豁然开朗地展开一条路来。当它们枯萎到水面水下的时候,我们的船常常遇到搁浅,经过一番努力,又荡漾在无阻碍的所在。有时,四五个人合着力,故意往搁浅的所在驶了去,你撑篙,我扯草根,想探出一条路来。我们的精力正是最充足的时候,我们并不惋惜几小时的徒然的探险。这样,湖中有了茭儿菜与荷花,使我们趣味横生,我自然愈加喜欢后湖了。

第四,是后湖的水闸。靠了船,爬到城墙根,水闸的上面有一个可怕的阴暗的深洞。从另一条路走到水闸边,看见了迸发的瀑布。我们在这里大声唱了起来,宛如音乐家对着海的洪涛练习喉音一样。洁白的瀑布诱惑着我们脱鞋袜,走去受洗礼,随后还逼我们到湖中去洗浴游泳,倘若天气暖热的话。在这里,我们的精力完全随着喜欢消耗尽了。这又是我更喜欢后湖的一个原因。

第五，最后而又最大的使我喜欢后湖的原因了。那就是，我们的太平洋。太平洋，原来被我们发现在后湖里。这是被我们中间的一个同伴，一个诗人兼哲学家的同伴所首先发现，所提议而加衔的。它的区域就在离开水闸不远起，到对面的洲的末尾的近处止。这里是一个最宽广的所在，也是湖水最深的所在。后湖里几乎到处都有荞儿菜与荷花或水草，只有这里是一年四季露着汪洋的一片的。这里的太阳显得特别强烈，风也显得特别大。显然的，这里的气候也俨然不同了。我们中间没有一个人反对这"太平洋"新名字。我们都的确觉得到了真正的太平洋了。梦呵！我们已经占据了半个地球了！我们已经很疲乏，我们现在要在太平洋里休息了。任你把我们漂到地球的那一角去吧，太平洋上的风！我们丢了桨，躺在船上，仰望着空间的浮云，不复注意到时间的流动。我们把脚拖在太平洋里，听着默默的波声，呼吸着最清新的空气。我们暂时地静默了。我们已经和大自然融合在一起。还有什么比太平洋更可爱、更伟大呢？而我们是，每次每次在那里飘漾着，在那里梦想着未来，在那里观望着宇宙间的幻变，在那里倾听着地球的转动，在那里消磨它幸福的青春。我们完全占有了太平洋了……

够了，我不再说到洲上的樱桃，也不再说到翻船的朋友那些事，是怎样怎样地有趣，我只举出了上面的五点。你说西湖比后湖好，你可能说后湖所有的这几点，西湖也有？尤其是，我们的太平洋？

或者你要说，几十年以前，西湖的船，西湖的水草，西湖的水，都和我说的相仿佛，和我所喜欢的后湖一样朴素，一样自然。但是，我告诉你，我没有亲自看见过。当我离开南京后两年光景，当我看见西湖的时候，西湖已经是粉饰华丽得不像一个处女似的西子了。

"就是后湖，也已经大大地改变，不像你所说的十年前的可爱了。"你一定会这样地说的，是不是？

任你把我们飘到地球的那一角去吧,太平洋上的风!

鲁彦是一个赤心的大孩子,他闷的时节,不是弹琵琶,便是睡觉。(章衣萍《鲁彦走了》)

那是我承认的。几年前我已经看见它改变了许多了。

后湖的船已经变得十分地华丽，水闸已经不通，马路已经展开在洲上。它的名字也已经换做五洲公园了。

尤其是，我的同伴已经散失了：我们中间最有天才的画家已经睡在地下，诗人兼哲学家流落在极远的边疆，拖木屐的朋友在南海入了赘，"割草"的工人和在后湖里栽跟斗的莽汉等等都已不晓得行踪和存亡了。我呢，在生活的重担下磨炼着，已经将要老了。倘若我的年青时代的同伴再能集合起来，我相信每个人的额上已经刻下了很深的创痕，而天真和快乐，也一定不复存在了。

然而，只要我活着，即使我们的太平洋填成了大陆，甚至整个的后湖变成了大陆，我还是喜欢后湖的。因为我活着的时候，我不会忘记我们的太平洋。

你说你更喜欢西湖。

我说我更喜欢后湖。

你喜欢你的西湖，我喜欢我的后湖就是。

你说西湖最好。

我说后湖最好。

你说你的,我说我的。

天下事,原来喜欢的都是好的,从没有好的都使人喜欢。

你说是吗?

狗

"我们的学校明天放假,爱罗先珂君请你明晨八时到他那里,一同往西山去玩。"一位和爱罗先珂君同住的朋友来告诉我说。

"好极了,好极了!"我喜欢得跳了起来,两只手如鼓槌似的乱敲着桌子。

同房的两位朋友见我那种样子,哈哈地大笑了。

住在北京城里,只是整天地吃灰吃沙,纵使有鲜花一般的灵魂的人也得憔悴了。

到马路上去,不用说;大风起时,院子内一畚箕一畚箕扫不尽的黄沙也不算希奇;可是没有什么风时关着门,房内桌上的灰也会渐渐地厚起来,这又怎么说呢?

北京城里有几条河,都如沟一样的大,而且臭不堪闻。有几个池多关在皇宫里,我不知他们为什么叫那些池为"海",或许想聊以自慰罢。所谓后海,现在已种了东西。

北京城里也有几个小山,但是都被锁在皇宫里。

这样苦恼的地方,竟将飘流的我留了四五年,我若是不曾见过江南的风景倒也罢了,却偏偏又是生长在江南。

许多朋友都羡慕我,说我在北京读了这许久书,却不知道我肚里吃饱了灰。

西山离城三十余里,是一座有名的山,到过北京的人,大概都要去游几次。只有我这倒霉的人,一听人家谈起西山就红了脸。

来去的用费原花不了多少,然而"钱"大哥不听我的命令,实在也是无可奈何的事情。

扑满虽曾买过几次,但总不出半月就碎了。

从高柜子上换得的几千钱,也屡屡不能在衣袋中过夜。

不幸,住在北京四五年,竟不曾去过一次。这次爱罗先珂君邀我一道去游这里的名山,我还不喜欢吗?

和爱罗先珂君同住的朋友走后,我就急忙预备我的东西。从洗衣作里取回了一身衬衣,从抽斗角里找出了一本久已弃置的抄写簿,削尖了一支短短的铅笔,从朋友处借来了一只金黄色的热水瓶。

晚饭只吃了一碗,因为我希望黑夜早点上来。

约莫八点钟,我就不耐烦地躺在床上等候睡神了。

"时间"是我们少年人的仇敌。越望它慢一点来,好让我们少长一根胡髭,它却越来得迅速,比闪电还迅速;越希望它快一点来,好让我们早接一个甜蜜的吻,它却越来得迟缓,比骆驼还迟缓。

"天亮了吗?天亮了吗?"我时时睡眼蒙眬地问,

然而仔细一看,只是窗外的星和挂在墙上的热水瓶的光。

"亮了!亮了!……"窗外的雀儿叫了起来。我穿了衣,下了床,东方才发白,不敢惊动同房的朋友,只轻轻地开了门走到院中。

天空浅灰色,西北角上浮着几颗失光的星。隔墙的柳条儿静静地飘荡着,一切都还在甜睡中,只有三五只小雀儿唱着悦耳的晨歌,打破了沉寂。我静静地站着,吸着新鲜的空气,脑中充满了无限的希望,浑身沐在欢乐之中了。天空渐渐变成淡白的——白的——浅红的——红的——玫瑰色的颜色。雀儿的歌声渐渐高了起来,各处都和奏着。巷外的车声和脚步声渐渐繁杂起来。一忽儿,柳梢上首先吻到了一线金色的曙光,和奏中加入了鹊儿的清脆的歌声。巷内的人家都砰嘭地开了门,我的旅馆的茶房也咳嗽着开了大门。我回到房中,那两位朋友还呼呼地酣睡着。开了窗子,在桌旁坐下,看着他们沉醉似的微笑的脸,我暗暗地想道:

"西山也有如梦一般的甜蜜吗?"

一会,茶房送了脸水来。我洗过脸,挂上热水瓶,带了簿子和铅笔要走了。回过头去一看,那两位朋友依然呼呼地酣睡着,看着他们沉醉似的微笑的脸,我对他们低低地吟道:

"静静地睡着罢,亲爱的朋友们。梦中如有可爱的人儿,就不必回来了。"

太阳已将世界照得灿烂,微风摇曳着地上的柳影,我慢慢儿地踏了过去。

在路旁的小店里,我买了几个烧饼,一面咬着,一面含糊地唱着歌,仰着头呆看那天上的彩云,脚步极其缓慢地移动着。今天出门早,早到爱罗先珂君处也要等待,所以走得特别地慢。

然而事实并不这样,这极长极长的路,却不知不觉地一会就走完了。

爱罗先珂君仍和平日一样地赤着脚躺在床上和一个朋友谈话。他热烈地握着我的手,问我为什么来得这样早,我说我的灵魂还要早呢,它昨夜已到了西山了。他微微一笑,将我的手紧紧地捏了一捏。

我们三人吃了一点饼干，谈了一会，就陆续来了几位朋友。要动身时凑巧又来了一个日本的记者，谈论许久，说是爱罗先珂君将离开中国，要照一个相。照相后，我们方才动身。去的人一起十二个，除爱罗先珂君外，其中有一个日本人、一个台湾人、三个内地人，其余都是朝鲜人；我们随身带去一点橘子、糕饼等物。

出了西直门，我们分两路走。坐洋车的往大路，骑驴子的往小路。我和爱罗先珂君都喜欢骑驴子。

那时正是植树节，又逢晴天，我们曲曲折折地在田间小路上走，享受不尽春日的野景。有些人唱着日本歌，有些人唱着世界语歌，有些人唱着中国歌。我的驴子比谁的都快，只要我"得而……"一喝，拉紧缰绳，它就飞也似的往前疾驰。只是别的驴子多不肯跟着上来，它们都走得很慢，使我屡次不耐烦地在前面等。有一次我的驴子在路旁等它们，让它们往前走，不知怎地，忽然那些驴子都疾驰起来。我很奇怪，将自己的驴子跟在别一匹驴子后一试，也多是这样。后来我仔细一看，原来我的驴子要咬别的驴子的屁股，别的怕了起来，所以疾驰了。于是我发明了一种方法，等大家鞭不快驴子时，我就挽转缰绳跑了回去，跟在后面。这样一来，大家就走得快了。

"为什么它们不怕鞭子，只怕你呀？"爱罗先珂君惊异地问我。

"因为我的驴子是雄的……"我回答说。

大家都笑了。

西山原不很远，我们出城门时早已望见，但是仿佛有谁妒忌我们似的，任我们如何走得快，他只是将西山暗暗地往远处移去。我很焦急，爱罗先珂君也时时问我远近。确实的里数我不知道，我便问驴夫。

离山不远时，路上的石子渐渐多了起来，最后便满路上都是。那些灰白色的石子重重地堆盖着，高高低低，不曾砌入泥中，与普通的石子路完全不同。驴子的脚踏下去，石子就往四面移动。在这一条路上，真是"英雄无用武之地"，我的驴子虽有"千里之材"，也不能在这里施展，一不小心，就是颠蹶。大家只好叹一口气,无可奈何地慢慢儿走。驴蹄落在石子上,发出轧轧的声音。我觉得我是坐在骆驼上。

这时离山已很近,山上青苍的丛林、孤野的茅亭、黄色的寺院,以及山脚下的屋子都渐渐在我们眼前清楚起来。喜悦从我的心底涌了上来,我时时喊着"到了!到了!"爱罗先珂君的眉毛飞舞着,他似乎比我还喜欢。大家望着山景,手指着东,指着西,谈那风景。

我仿佛得了胜利似的,在他们的前面走。

忽然,一阵低低的呜咽声激动了我的耳鼓。我朝前一看,有一个衣服褴褛的妇人坐在路的右边哭泣。她的头发蓬乱,脸色又黑又黄,消瘦得很,约莫四十余岁。她坐在路外斜地上,下面是一条一丈许深的干了的沟。她拉着草坐着,似要倒下去的一般。哭泣声很低微,无力似的低微。

"游览的地方,都有这种乞丐。"我略略一想,就昂着头过去了。

"先生!先生!"爱罗先珂君在后面喝了起来。

我仍然往前走着,只回过头来问他什么。

"什么人在路旁哭呀！王先生？"他说着已经走过了那妇人的面前。

"是一个妇人。"我说。

"她为什么哭着？什么样的人呢？"

"或许是要钱罢，穷人。"我说着仍昂然地往前走。

爱罗先珂君是在我后面的第四个人，他的前面是一个朝鲜人。他用日本话问那朝鲜人，朝鲜人也用日本话回答他，似乎在将那妇人的模样描写给他听。

"王先生！你为什么不下去问问她呀？"爱罗先珂君忿然地问我。这时离那妇人已经很远了。

我没有回答。我觉得这没有问的必要。在游览的地方，我曾看见过许多没有手和脚的乞丐，他们都是用这种方法讨钱的。

"你为什么不下去问问她呢，王先生？你为什么不给她一点钱呢？"爱罗先珂君接连地问我。

乞丐不来扯我的驴子，我却下去问她？平日乞丐扯着我的车子跟了来，我总是摇一摇头。多跟了一程，我就圆睁着眼，暴怒似的大声地说："没有！"向来不肯说"滚!"这已是很慈悲的了,今天却要我下去问她?——但是我想不出一句话回答爱罗先珂君。

我一摸口袋,袋中有六七元的铜子票。爱罗先珂君出来时共带了十二三元,在路上都换了铜子票,一半交给了坐车去的,一半交给了我,我这时想依从爱罗先珂君的意思回转去给她一点钱,但回头一看,已距离得很远,便仍往前走了。

爱罗先珂君知道我没有什么话可以回答,很忿怒地在后面和朝鲜的朋友谈着。

我听见那忿怒的声音,渐渐不安起来。我知道自己错了。

到了山脚下,我们都下了驴子。我握着爱罗先珂君的右手,那位朝鲜的朋友握着他的左手,在宽阔的山路上走。

"你为什么不下去问她呢,王先生?"他依然忿怒地问我,皱了眉毛。

我浑身不安起来,脸上火一般地发烧,依然没有话可以回答,只低下了头。

"在我们那里，"他忿怒着继续说："谁一见这种不幸的人时，谁就将她扶了回去。在这里，你却经过她面前，如对待一只狗似的安然走了过去！……"

狗，我才是一只狗！我从良心里看见了我所做的事情，我承认他所说的是对的，我才是一只狗！我恨不得立刻钻入地下！……

我如落在油锅中，沸滚的油煎着我。我羞耻，我恨不得立刻死了！……

西山有如何地好玩，我不知道。在山间，我们曾喝过溪水，但是在水中，我照见了我自己是一只狗；在岩石上我曾躺了一会，但是我觉得我那种躺着的样子与别的狗完全一样。在山上吃蛋时，我曾和爱罗先珂君敲尖，赌过胜负，在半山里，我们曾猜过石子；但是我同时又觉得不配和他、和其余的人玩耍。

的确，我经过她面前时，我是如对待一只狗似的安然走了过去！

……

听潮的故事

一年夏天,趁着刚离开厌烦的军队的职务,我和妻坐着海轮,到了一个有名的岛上。

这里是佛国,全岛周围三十里中,除了七八家店铺以外,全是寺院。为了要完全隔绝红尘的凡缘,几千个出了俗的和尚绝对地拒绝了出家的尼姑在这里修道,连开店铺的人也被禁止带女眷在这里居住。荤菜是不准上岸的,开店的人也受这拘束。

只有香客是例外，可以带着女眷，办了荤菜上这佛国。岛上没有旅店，每一个寺院都特设了许多房子给香客住宿，而且准许男女香客同住在一间房子里。厨房虽然是单煮素菜的，但香客可以自备一只锅子，在那里烧肉吃，这样的香客多半是去观光游览的，不是真正烧香念佛的香客。

我们就属于这一类。

这时佛国的香会正在最热闹的时期里，四方善男信女都跨山过海集中在这里。寺院里一天到晚做着佛事，满岛上来去进香领牒的男女恰似热锅上的蚂蚁，把清净的佛国变成了热闹的都市。

我们游览完了寺刹和名胜，觉得海的神秘和伟大不是在短促的时间里领略得尽，便决计在这岛上多住一些时候，待香客们散尽再离开。几天后，我们选了一个幽静的寺院，搬了过去。

它就在海边，有三间住客的房子，一个凉台还突出在海上。当时这三间房子里正住着香客，当家的答应过几天待他们走了就给我们一间房子，我们便暂在靠海湾的一间楼房住下了。

楼房的地位已经相当地好,从狭小的窗洞里可以望见落日和海湾尽头的一角。每次潮来的时候,听见海水冲击岩石的声音,看见空中细雨似的、朝雾似的、暮烟似的飞沫的升落。有时它带着腥气,带着咸味,一直冲进了我们的小窗,粘在我们的身上,润湿着房中的一切。

像是因为寺院的地点偏僻了一点的缘故,到这里来的香客比较少了许多,佛事也只三五天一次,住宿在寺院里的香客只有十几个人。这冷静正合我们的意,而我们的来到,却仿佛因为减少了寺院里的一分冷静,受了当家的欢迎。待遇显得特别周到:早上、晚上和下午三时,都有一些不同的点心端了出来,饭菜也很鲜美,进出的时候,大小和尚全对我们打招呼,有时当家的还特地跑了来闲谈。

这一切都使我们高兴,妻简直起了在那里住上几个月的念头了。

"要是搬到了突出在海上的房子里,海就完全属于我们的了!"妻渴望地说。

过了几天,那边走了一部分香客,空了一间房子出来,我们果然搬过去了。

这里是新式的平屋,但因为突出在海上,它像是楼房。房间宽而且深,中间一个厅。住在厅的那边的房里的是一对年青的夫妻,才从上海的一个学校里毕业出来,目的想在这里一面游玩,一面读书,度过暑假。

"现在这海——这海完全是我们的了!"当天晚上,我们靠着凉台的栏杆,赏玩海景的时候,妻又高兴地叫着说。

大海上一片静寂。在我们的脚下,波浪轻轻地吻着岩石,睡眠了似的。在平静的深暗的海面上,月光辟了一条狭而且长的明亮的路,闪闪地颤动着,银鳞一般。远处灯塔上的红光镶在黑暗的空间,像是一个宝玉。它和那海面银光在我们面前揭开了海的神秘——那不是狂暴的不测的可怕的神秘,那是幽静的和平的愉悦的神秘。我们的脚下仿佛轻松起来,平静地,宽怀地,带着欣幸与希望,走上了那银光的道路,朝着宝玉般的红光走了去。

"岂止成佛呵!"妻低声地说着,偏过脸来偎着我的脸。她心中的喜悦正和我的一样。

海在我们脚下沉吟着,诗人一般。那声音像是矇眬的月光和玫瑰花间的晨雾那样地温柔,像是情人的蜜语那样地甜美。低低地,轻轻地,像微风拂过琴弦,像落花飘到水上。

海睡熟了。

大小的岛屿拥抱着,偎依着,也静静地矇眬地入了睡乡。

星星在头上也眨着疲倦的眼,也将睡了。

许久许久,我们也像入了睡似的,停止了一切的思念和情绪。

不晓得过了多少时候,远处一个寺院里的钟声突然惊醒了海的沉睡。它现在激起了海水的兴奋,渐渐向我们脚下的岩石推了过来,发出哺哺的声音,仿佛谁在海里吐着气。海面的银光跟着翻动起来,银龙似的。接着我们脚下的岩石里就像铃子、铙钹、钟鼓在

响着,愈响愈大了。

没有风。海自己醒了,动着。它转侧着,打着呵欠,伸着腰和脚,抹着眼睛。因为岛屿挡住了它的转动,它在用脚踢着,用手拍着,用牙咬着。它一刻比一刻兴奋,一刻比一刻用力。岩石渐渐起了战栗,发出抵抗的叫声,打碎了海的鳞片。

海受了创伤,愤怒了。

它叫吼着,猛烈地往岸边袭击了过来,冲进了岩石的每一个罅隙里,扰乱岩石的后方,接着又来了正面的攻击,刺打着岩石的壁垒。

声音越来越大了。战鼓声,金锣声,枪炮声,呐喊声,叫号声,哭泣声,马蹄声,车轮声,飞机的机翼声,火车的汽笛声,都掺杂在一起,千军万马混战了起来。

银光消失了。海水疯狂地汹涌着,吞没了远近的岛屿。它从我们的脚下浮了起来,雷似的怒吼着,一阵阵地将满带着血腥的浪花泼溅在我们的身上。

"可怕的海!"妻战栗地叫着说,"这里会塌哩!"

"哪里的话！"

"至少这声音是可怕得够了！"

"伟大的声音！海的美就在这里！"我说。

"你看那红光！"妻指着远处越发明亮的灯塔上的红灯说，"它镶在黑暗的空间，像是血！可怕的血！"

"倘若是血，就愈显得海的伟大哩！"

妻不复做声了，她像感觉到我的话的残忍似的，静默而又恐怖地走进了房里。

现在她开始起了回家的念头。她不再说那海是我们的话了。每次潮来的时候，她便忧郁地坐在房里，把窗子也关了起来。

"向来是这样的，你看！"退潮的时候，我指着海边对她说。"一来一去，是故事！来的时候凶猛，去的时候多么平静呵！一样地美！"

然而她不承认我的话。她总觉得那是使她恐惧，使她厌憎的。倘使我的感觉和她的一样，她愿意立刻就离开这里。但为了我，她愿意再留半个月。我喜欢海，尤其是潮来的时候。因此即使是和妻一道关在房我喜欢海,尤其是潮来的时候。

那是一九二九年暑假，鲁彦同我到浙江普陀山避暑。普陀山是舟山群岛中的一个岛屿。听潮的地点就在那里……我和鲁彦在岛上住了一个月的时间。鲁彦非常喜欢听海潮的声音。他喜欢大海，对潮声特别欣赏。（鲁彦夫人覃英的回忆）

子里,从闭着的窗户里听着外面模糊的潮音,也觉得很满意,再留半个月,尽够欣幸了。

一天,两天,我珍视的日子,已经过去了四天。我们的寺院里忽然来了两个肥胖的外国人,随带着一个中国茶房,几件行李,那是和尚们从轮船码头上接来的。当家的陪他们到我们的屋子里看了一遍,合了他们的意以后,忽然对我们对面住着的年青夫妻提出了迁让的要求。

"一样给你们钱,为什么要我们让给外国人?"他们拒绝了。

随后这要求轮到了我们,也得到了同样的回答。

当家的去后,别的和尚又来了,他们明白地说明了外国人可以多出一点钱的原因,要求我们四个人同住在一间房子里,让一间房子出来给外国人。他们甚至已经把行李搬到我们的厅里来了。

"什么话!"年青的学生发怒了。"外国人出多少钱,我们也出多少钱就是!我们都有女眷,怎么可以同住在一间房子里!"

他们受不了这侮辱,开始骂了起来,终于立刻卷起行李,走了。妻也生了气,提议一道走。但我觉得这是常情,劝她忍受一下。

"只有十天了。管他这些!谁晓得什么时候还能再来听这潮音呵!"

妻的气愤虽然给我劝住了,但因她的感觉的太灵敏,却愈加不快活起来。她远远地看见了路上的香客,就以为是到这个寺院来住的,怀疑着我们将得到第二次的被驱逐。她觉察出当家的已几天没有来和我们打招呼,大小和尚看见我们的时候脸上没有笑容,菜蔬也坏了,甚至生了虫的。

"早些走吧!"妻时常催促我。

"只有八天了。"我说。

"不能留了!"过了一天,妻又催了。

"只有七天了。"

"只有六天,五天半了。"我又回答着妻的催促。

"等到将来我们有了钱,自己在海边造起房子来,尽你享受的,那时海就完全是你的了!"

"好了,好了,只有四天半了哩!以后不再到海边听潮也行。海是不能属于一个人的。造了房子,说不定还要做和尚的。"

然而妻终于不能忍耐了。这天晚上,当家的忽然跑来和我们打招呼,脸上没有一点笑容。

"香期快完了,大轮船不转这里,菜蔬会成问题哩!……"

我们看见他给外国人吃的菜比我们好而且多到几倍。他说这话,明明是一种逐客的借口,甚至是一种恫吓。

"我们就要走了!你不用说谎!"

"哪里,哪里!"他狡猾地微笑一下,走了。

"都是你糊涂!潮呀,海呀,听过一次,看过一次,就够了,偏要留着不肯走!明天再不走,还要等到人家把我们的行李摔出去吗?我刚才已经看见他们又接了两个香客来了!"妻喃喃地埋怨着。

"好,好,明天就走吧,也享受得够快乐了!"

"受了人家的侮辱,还说快乐!"

"那是常情,"我说,"到处都一样的。"

"我可受不了!"

"明天一上轮船,这些事情就成为故事了。

二十四,二十三,二十二,二十一,十八,不是只有十八个钟头了吗?"我笑着说。

然而这时间也确实有点难以度过。第二天早晨,正当我们取了钱,预备去付账,声明下午要走的时候,我们的厅堂里忽然又搬进行李来了,正放在我们这一边。那正是昨天才来的香客。

妻气得失了色,说不出话来,只是瞪着眼睛望着我。不用说,当家的立刻又要来到,第一次的故事又要重演一次了。

"给这故事变一个喜剧,让妻消一点闷吧!"我这样想着,从箱子里取出了军队里的制服,穿在身上,把那方绫的符号和银质的徽章特别露挂在外面,往厅里走了去。

当家的正从外面走了进来,看见我的奇异的形状,突然站住了。

他非常惊愕地注视着我,皱一皱眉头,又立刻现出了一个不自然的笑容。

"鲁……"他不晓得应该怎样称呼我了,机械地合了掌,"老爷,你好!"

"有什么事吗,当家的?"我瞪着眼望他。

"没有什么——特来请个安。唔!这是谁的行李?"他转过头去,问跟在后背的小和尚。

"这就是李先生的。"

"哼——阿弥陀佛!你们这些人真不中用!怎么拿到这里来了!我不是说过,安置在西楼上的吗?"

"师父不是说……"

"阿弥陀佛!快些拿去!快些拿去!——这样不中用!"

我看见了他对小和尚映着眼睛。

"到我房子里坐坐吧,当家的,我正想去找你呢!"

"是,是,"他睁着疑惑的眼光注意着我的脸色。"请不要生气,吵闹了你,这完全是他们弄错了。咳!真不中用!请老爷多多原谅。"他又对站在我背后发笑的妻合着掌说:"请太太多多原谅!"

"哪里,哪里!"我微笑地回答着。

我待他跟进了房里,从衣袋里摸出几张钞票,放在他面前说:

"我们今天要走了,当家的,这一点点香钱,请收了吧。"

他惊愕地站着,又机械地合了掌,似乎还怀疑着我发了气。

"原谅,老爷!我们太怠慢了!天气热得很,还请住过夏再走!钱是决不敢领的!"

为要使他安静,我反复地说明了要走的原因,是军队里的假期已满,而且还有别的重要的公事。钱呢,是给他买香烛的,必须给我们收下。他安了心,恭敬地合着掌走了,不肯拿钱。我叫茶房送去了两次,他又亲自送了回来。最后我自己送了去,说了许多话,他才收下了。

他办了一桌酒席,给我们送行,又送了一些佛国的特产和蔬菜。

"这一个玩笑开得太凶了!和尚也可怜哩!"现在妻的气愤不但完全消失,反而觉得不忍了。

"这只是平常的故事,一来一去,完全和潮一样的!"我说,"无爱无憎,才能见到真正的美,所以释迦成了佛呢!"

"无论你怎样玄之又玄,总之这海,这潮,这佛国,使我厌憎!"妻临行前喃喃地不快活地说。

她没有注意到当家的站在门口,还在大声地说着,要我们明年再来。

孩子的马车

为了工作的关系,我带着家眷从故乡迁到上海来住了。收入是微薄的,我决定在离开热闹的区域较远的所在租下了两间房子。照着过去的习惯,这里是依然被称为乡下的,但我却很满意,觉得比那被称为上海的热闹区域还好。这里有火车,有汽车,交通颇方便,这里有田野,有树木,空气很新鲜,这里的房租相当地便宜,合于我的经济情形;最后则是这里的邻居多和我一样地穷困,不至于对我射出轻蔑的眼光来。

于是我住下了,很安心地,而且一星期之后,甚至还发现了几个特点,几乎想永久地住下去了:第一是清静,合宜于我的工作;其次是朴素,合宜于我的孩子们的教养;再次是前后左右的邻居大部分是书店的编辑或学校的教员,颇可做做朋友的。

但是过了不久我不能安静地工作了。

"爸爸!爸爸!"……我的两个孩子一天到晚地叫着,扯我的衣服,推我的椅子,爬到我的桌子上来,抢我的纸笔,扰乱我的工作。

为的什么呢?

"去买一个汽车来,红红的!像金生的那样!"

这真是天晓得,我哪里去弄这许多钱?房租要付,衣服要做,饭要吃,每天还愁着支持不下来,却斜刺里来了这一个要求。

"金生是谁呀?"

"六号的小朋友!"他们已经交结下了朋友了。"红红的!两个人好坐的,有玻璃,有喇叭——嘟!……"

这就够了,我知道那样的车子是非三十几元钱不办的。

"去问妈妈,我没有钱。"我说。

他们去了,但又立刻跑了回来,叫着说:

"问爸爸呀!妈妈说的!"

我摇了一摇头:

"我没有钱。"

于是他们哭了,蹬着脚,挥着手,扭着身子,整个的房子像要被震动得塌下来了似的。

"好呀,好呀,等我拿到钱去买呀!现在不准闹。"我终于把他们遏制住了。

但这也只是暂时的。第二天,他们又闹了,第三天又闹了,一直闹了下去,用眼泪,用叫号,仿佛永不会完结似的。

"唉,七岁了还这么不懂事,"妻对着大的孩子说。"你比妹妹大了两岁,应该知道呀!买这样贵的玩具的钱,可以给你做许多漂亮的衣服呢!"

"那你买一个脚踏车给我,像八号的!"大的孩子回答说,他算是让步了。

"好的,好的,等爸爸有了钱,是吗?"妻说,对我丢了一个眼色。

我点了一点头。

但这也是不可能的。像八号的孩子那样,就要八九元,而且是一个人坐的,买起来就得买两只。这希望,只好叫他们无限期地等待下去了。夏天已经来到,蚊子嗡嗡地叫了起来,帐子还没有做。我的身上的夹衣有点不能耐了,两件半新旧的单衫还寄在人家的屋子里。今天有人来收米账,明天有人来收煤账。偶然预支到一点薪水,没有留过夜,就分配完了。生活的重担紧紧地压迫着我透不过气来,我终于发气了,有一天,当他们又来扰乱我的工作的时候。

"滚开!"我捻着拳头,几乎往孩子的头上打了下去,一面愤怒地说着,忘记了他们是孩子。"不会偷,不会盗,又不会像人家似的向资本家讨好,我到哪里去弄这许多钱来呀?……"

孩子们害怕了,这次一点也不敢哭,睁着惊惧的眼睛，偷偷地溜着走了出去。

他们有好几天不曾来扰乱我的工作。尤其是大的孩子，一看见我就远远地躲了开去，一天到晚低着头没有走出门外去。我起初很满意自己的举动，觉得意外地发现了管束孩子的方法，但随后却渐渐看出了我的大孩子不但对我冷淡，对什么人都冷淡了，他变得很沉默，没有一点笑容。他的眼睛里含着失望的忧郁的光，常常一个人在屋角里坐着翕动着嘴唇，仿佛在自言自语似的。

"为了一个车子啊，"有一天，妻对我说，"这几天来变了样子连饭也不大爱吃，昨夜还听见他说梦话，问你要一个车呢！"

我的心立刻沉下了，想不到一个小小的孩子对于自己的欲望就有着这样的固执。真的，他这几天来不但胃口坏得很，连脸色也变黄了。肌肉显然消瘦了许多，额上、颈上和手腕上都露出青筋来。这样下去是可怕的，我这个做父亲的人须实现他的希望了，无论怎样地困难。

"好了，好了，爸爸就给你去买来，好孩子，"我于是安慰着孩子说，"但可只有一个，和妹妹分着骑，你是哥哥不能和她争夺的，听话吗？"

他的眼中立刻射出闪烁的光来，满脸都是笑容，他的妹妹也喜欢得跳跃了。

"听话的！我让妹妹先骑！"大的孩子叫着说。

于是我戴上帽子，预备走了，但妻却止住了我：

"你做什么要哄骗孩子呢？回来没有车子，不是更使他们失望吗？你袋袋里不是只有两元钱了，哪里够买一辆车子呀！"

"我自有办法，"我说着走了，"一定会给买来的。"

我从报上知道有一家公司正在降价，说是有一种车子只要一元几毛钱。那么我的孩子可以得到一辆了。

那是一种小小的马车，有着木做的白色的马头，但没有马的身子。坐人的地方是圈椅的形式，漆得红红的，也颇美丽，轮子是铁的，也有薄薄的橡皮围着。

"是牺牲品呢！"公司里的人说。"从前差不多要卖四元，现在只有两辆了。"

我检查了一遍，尚无什么损坏，便立刻付了一元七毛半的代价，提着走了。

来去的时间相当地长，下午二时出门，到得家里已是黄昏时候。两个孩子正在弄堂外站着，据说是从我出门不到半点钟就在那里等候着的。

"啊，车子！啊！车子！"他们远远地就这样叫着，迎了上来，到得身边，一个抱住马头，一个扳住圈椅，便像要把它拆成两截一样。

"这车子，比人家的怎么样呀？"我按住了他们的手，问着。

"比人家的好！比人家的好！这是个马车，好看，好看！"两个孩子一致地回答说，欢喜得像要把它吞下去了似的。

"可不能争夺，一个一个轮着骑呢，听见了吗？"

"听见的。"

"谁先骑？"

"妹妹先骑吧。"大孩子说着放了手，但又像舍不得似的，热情地亲爱地摸一摸那马头上的鬃毛，然后才怅惘地红着脸退了开去。

我不能知道他是怎样克服他自己的,我只看见他的眼睛里亮晶晶地闪动着泪珠。他的心显然在强烈地跳跃着。

我发现这辆车子够好了,它很轻快,没有那汽车的呆笨,而且给大孩子骑不会太小,给小孩子骑不会太大。他们很快地就练习得纯熟了。

"得而!得而!"他们一面这样喊着,像是骑在真的马上一样。

这是我的大孩子记起来的,他到过北方,看见过许多马车和骡车。现在他居然成了沙漠上的旅行者了。而且他还很得意,说是六号的小汽车不如这马车。

"我的是汽车呀?嘟……?"六号的孩子说。

"我的是马车!得而……"

"是匹死马呀!"

"是个假汽车哩!"

"看谁跑的快!"

"比赛——一,二,三!"

我看见马车跑赢了，汽车到底是呆笨的，铁塔铁塔，既会响又吃力，不像马车的轻捷，尤其是转弯抹角，非跳出车子外，把它拖着走不可，尤其是跳进跳出，只能像绅士似的慢慢地来，不然就钩住了衣服，钩住了裤子。

我和妻都非常地喜悦。我们以前总以为穷人的孩子是没有享受幸福的命运的。

"早晓得这样，早就给他们买了。"我喃喃地说。

我从此可以安静地工作了，孩子们再也不来扰乱，他们一天到晚在外面玩那车子，甚至连饭也忘记吃，没有心思吃了。

然而这样幸福的时间，却继续得并不久。不到十天，那辆小小的马车完结了。

我听见孩子在弄堂里尖利的哭号的声音，跑出去看时，这辆马车已经倒在地上。它的头可怜地弯曲着，睁着损伤的眼睛仿佛在那里流眼泪，它的前面的一个铁轮子折断了，不胜痛苦似的屈伏着。大孩子刚从地上爬起来，手背流着血。

"是他呀！他呀！"我的五岁的小孩叫着说，用手指指着。

那是六号的小孩。他坐在他的汽车里，睁着愤怒的眼睛望着我的孩子。

"是他来撞我的！"他说。

"是他呀！他对我一直冲了过来！"我的大孩子哭号着说。"他恨我的车子跑得快！"

"要你赔！"小的孩子叫着说。

"你把我车头的漆撞坏了，要你赔！"

他们开始争吵了，大家握着拳，像要相打起来。

"算了，算了，"我叫着说，"赶紧回家！"

"我早就说过，买车子不如做衣服穿！果然没几天就撞坏了！"妻也走了出来说。"没有撞坏人，还算好的呀！"

我们拖着那可怜的马车，逼着孩子回到了家里。好不容易止住了大孩子的哭泣，细细检查那辆马车，已经没有一点救济的办法，只好把它丢到屋角去。

"一定是原来就坏的，所以这样便宜哪！"妻说。

"那自然，"我说，"即使不坏，也不会结实的，所以是牺牲品呵。这十天来也玩得够了，现在就废物利用，把木头的一部分拆下来烧饭吧。"

"那不能！"大孩子着急地叫着说，"我要的！"

他立刻跑去，把那个歪曲了的马头抱住了。许久许久，我还看见他露着忧郁的眼光，翕动着嘴唇在低声地说着什么，轻轻地抚摸着他所珍爱的结束了生命的马车。

一连几天，他没有开过笑脸。

火的记忆

是在寒冷的深夜,错综复杂的思想占据了我。我的四周早已什么声音也没有,死一般静寂了的,但我却像做着一连串的噩梦似的,时刻被我脑子里的喧嚷所惊搅。我的心老是砰砰地跳动着,我简直还听到了身上的血流剧烈地冲击的响声。

许久许久我不曾睡去,我没法使自己安静。

但是有一回,四周的静寂忽然给另一种声音冲破了。

那是哨子的声音：尖利，急骤，短促。

我仿佛听见室外的空气起了嘶嘶的鸣叫，一切都颤栗了起来。

困扰我许久的复杂的思想现在全消失了。我为那突袭的事变所惊悸，起了一阵深深的惶感。

无疑的，那是一种灾祸——它已经发生了，它将落在哪些人身上呢？

我需要判断，我得镇定自己，把注意力集中在听觉上。分辨那声音所发的方向和距离，以及远远近近随它而起的一切回声。

我听见外面有些人奔跑了过去，附近的邻居打开了窗户。

"在城南……"隔壁露台上有人在说。

"远着呢……"另一个人应着。

随后在杂乱的声音中，我又听见一句不十分响亮的话：

"天都红了……"

现在我全知道了。我不但安静下来，而且冷漠得什么感觉也没有。这是一种灾祸，是的，只是一种小小的灾祸，与我无关的灾祸；遭遇到灾祸的人应该需要别人的援助，但不会需要我们的援助，而我也不需要援助别人，不能援助别人，不，甚至连同情也不，因为同情是徒然的——我的理智，或者是我的感觉，这样清晰地对我解释着。

于是我想让自己睡去了。睡眠比什么都要紧，我觉得。

可是新的错综复杂的思想又上来了，它又占据了我的脑子，喧嚷得有如市场似的，我怎样也没法睡熟去。只是昏昏沉沉地躺着躺着。

……

许久许久，我的眼前渐渐明亮起来了。

我看见我自己躺在母亲的脚后，一盏黯淡的油灯的光照射着我的蓬松着头发的小小的后脑。从我的短促而沉浊的鼾声里，可以想到我白天从小学校里带来了过分的疲劳，夜是静寂而且寒冷的。

就在这时，母亲突然坐起来了。她为外面一种可怕的声音所惊醒,立刻披上衣,叫喊着推醒了我,同时把我的衣服丢到我的身边。

我好像还没睁开眼睛,就从温暖的被窝里跳了出来,摇晃地抖动着身子,牙齿轧轧地撞着。是因冬夜的寒冷还是因了恐怖,我不知道。我只觉得母亲的话好像一盆冷水似的突然泼到了我的身上。

"起火了!"她叫着。

我看见她第二次把衣服往我背上一披,就急促地去打开房门,立刻消失了。

"我去看来!莫动!"她似乎这样叮嘱着我。

我简直形容不出来我吓得什么样子,在这顷刻间我好像感觉到火就在我床下烧着,屋顶要立刻塌下来一般。

我发着尖利的叫声,几乎和母亲同时,窜出了我们的房子。

母亲已把弄堂外面的一道门打开了。我望见火在离我们五六丈远,隔着一个院子的屋里烧着,烟火笼罩着院子的一角噼噼啪啪地响着。而那火燃烧着的隔壁几家人家，却还是没有动静。

"火……啊……"母亲提高了喉咙，哀号似的接连叫了两声。

我又被她的惊叫吓住了，攀住她的手，只是抖索着。

母亲仿佛生气了，我记得她暴躁地挣脱她的手，把我往门里用力推了一下，叫着说：

"敲锣呀！"

我记不清楚，我是怎样窜过黑暗的弄堂，在房内怎样摸到铜锣和铜锤。就在房内，我用力敲了起来，一直奔到门口。

我现在有了勇气和力量，铜锣和铜锤成了我的武器了。我不再发抖了，我的心已经镇定下来，知道怎样才能扑灭那可怕的灾祸，怎样拯救那许多的邻人。我用极度急骤的铜锤敲着，好像天崩地塌似的。

我看见人涌出来了，从屋里从屋外火光和灯光照明了整个院子。从喧叫声中我听见了纷纷的叫喊："水！水桶！"

母亲捧了一只湿淋淋的面盆从我身边擦过去了……

我受她的行为的暗示,下意识地跑到屋檐下的水缸边,几乎把铜锣和铜锤一齐放进了水缸里去舀水。

"水桶呀!"

我听见有人在叫,立刻觉醒过来,就丢下手里的东西,跑进屋内,拖出一只并不比我低矮好多的水桶来。但一到门口,这水桶就不晓得被谁夺了去,同时,母亲已经跑回来,把她手里的面盆塞到我手里。我跑到水缸边,舀了一满盆,向对面跑过去,半路里又被谁抢去了。

我立刻变成了一个最迅速的传递者,不管是谁,我都抢了他手中空着的盛水的器具,往来奔跑着。从嘈杂的声音中我听见外面有一种锣声在奔驰,我能够辨别那是一种小锣的声音,单属于水龙会的。我知道那有把握扑灭火灾的水龙就要到了。

但我却希望我能在它来到之前,把火扑灭下来。我只是拼命地传递着水,传递着水。我一点儿也不觉得我自己力量的微小。除了水,我没有注意到别的。连母亲在做什么,她什么时候跑回了房里,我也没有注意到。我简直什么都忘记了。水龙会的铜锣声在外面奔跑着,而我,奔驰在火的前面,像一个冲锋的勇士……

"火冒顶了!快管自己吧!"一个堂叔叔忽然捉住了我的手臂,把我推着。"你妈呢?找妈去呀!"

我愣了一愣,望一望猛烈的火势,才感悟到自己的微小。我知道要想扑灭这火已是无望的了,除非水龙赶快地到来。但水龙什么时候到来呢?一条还是两条呢?而我们的屋子却是连着的,虽然只隔着一个院子。

我赶忙放下面盆,走进自己的屋内。我看见我们的房子里已经点满了灯烛和灯笼,人声闹嚷嚷的,已经有四五个亲近的叔伯在帮忙搬东西。母亲在床背后找她储藏着的首饰,已经满脸是汗了。她看见我,立刻丢给我一串钥匙,叫我上阁楼去开门。

"快搬上面的箱子!"她对一个叔叔说。

我知道那些箱子里的东西都是最重要的，母亲平时不轻易给人知道，为防偷窃，曾经做了两道门，而且都用很坚固而又不易开开的洋锁锁着。她现在把这责任交给了我，显然这是非常急迫了。我立刻跑过去，来不及把靠壁挂着的梯子放下，就一口气猱了上去，打开两道门，把几只箱子拖到梯子边，交给了那个叔叔，这些箱子都是十分巨大而且沉重，有一只皮箱还放置在厚木的柜子里，我从来不会有力量搬得动，这次不知怎地也给我拖出来了。

等我从上面下来，我看见我们的弄堂口已经给火光照得通红。外面的喧嚷声更加大了，我们的屋子里也来了更多的人。大家在说着火势更大了，已经烧过来了，前面已经不通了，水龙到了，但好像坏了。母亲在叫着开后门，在叫人把东西往后门搬，我于是跑回靠后墙的一个房间去。

我看见一个大人已经移开了房内的床铺和桌椅，他正在用一把斧头似的东西在敲那砖砌的墙壁。因为我们的后墙外就是人家的田，没路可通，并没有后门，父亲就在这墙上设了一道假门,防备意外。这虽然比墙壁薄了一层,可仍是砖砌的,相当坚固。我看见他用力敲那墙壁,一连五六次,却只见一些泥灰落下来。我心里一急,忽然记起了母亲的话,背起一条长凳,用着所有的力,连人撞了去……

这在我是一个奇迹,母亲从前曾经教过我紧急时用这方法开假门,我从来不曾相信过一条长凳可以撞开它,而现在,它可真的给我撞开一个很大的窟窿了。我心里真是说不出的喜欢,觉得从此大家有了生路,就接连撞翻了假门上所有的砖头。

我好像长大了一倍,有了二十四五岁的年纪似的,怎样也用不尽我的气力,什么东西都搬得动,拖得动,只是朝着后墙外丢着丢着。

母亲在做什么,我没有注意到。直到过了许久,有人挡住我,说是火快熄了,我才走到后面的小天井里找到了她。

她正跪在地上,合着掌,在虔诚地低声地感谢菩萨,重复地应允着几天内还她刚才许下来的心愿。她的声音还带着惊恐的颤栗，说到后来却像喜悦得快要哭出来了。

我默默地走近她，在她后面跪下了，我的心中充满了一种说不出的喜悦，激动得几乎哭出了声。我惊异我自己竟然有了这样大的力量，救了别人，又救了母亲……

忽然，母亲给我惊醒了，她回转头来，惊骇地叫着说：

"啊——你——这一点衣裳呀！"

在暗淡的灯笼的光下，我这才发现我自己只穿着一身薄薄的睡衣，而且全是湿滴滴的，不知道是水还是汗。

可是我只觉得热，火一样的热……我的小小的心头有火在烧着。我要扑灭那可怕的灾祸，我要拯救那灾难中的人，我忘记了自己。

……

我看见我自己长大起来了。第二年的冬天，我长得更高大、更结实也更勇敢。

一天下午，寒风刮得很大，街上忽然敲起水龙会的铜锣来。火在五里外燃烧着，已经远远地可以望见黑烟了，有人说那是乐家老屋，那里正住着我平日最喜欢的一个叔叔的一家人，但叔叔现在不在家，他出了远门，我听了这消息着了急，来不及告诉母亲，就抢着往那边跑了。水龙会已经有一部分的人跑着去救火，但我却追过了他们。我不循着路走，只是从那些比较干燥的田上抄了去。风大，火冒得快，人人都说今天四五条水龙也没法把火扑灭了。我一路跑着，一路望那火势，果然越来越猛烈，也越来越看清楚是乐家大屋，我说不出我心中着急到什么样，我跑着简直像飞着，我的脚不像踏在地上，很像是风在吹着我走。到达乐家大屋的时候，我是我们村上最先到的一批人之一。

乐家老屋是我儿时所见过的最大的屋，我数不清它有多少房间，一进又一进，总觉得走不完似的。这里是我那个婶婶的娘家，她们住在东边。火是从西边燃起来的，风正往东吹，黑烟已经卷到她们的屋顶上了。在西边，房子正一间一间地在燃烧中崩塌着，宏亮的可怕的声音掩住了一切喧嚷声。这是我儿时第一次见到的惊魂动魄的悲惨的景象：在乐家老屋的四周的田野上，人像热锅上的蚂蚁一般奔跑着，女人和孩子在凄厉地啼哭，到处杂乱地堆满了箱笼杂物。

在一堆小山一样高的杂物中，我找到了我的婶母，她正像一年前我的母亲，流着满头的汗，蓬乱着头发，脸上满是尘灰，拖着一只箱子从屋内走了出来。她的老年的母亲带着外孙伏在箱堆上失魂似的叫着："快烧到了！阿呀，烧到了，菩萨……菩萨……"

经过长途的奔跑，我已经满身是汗了，但这情形，不容许我休息，我得立刻把衣脱下，丢给她老人家，抢先跑过婶母，奔向她的房里去。那里间有不少的人和婶母的一个兄弟在抢救东西，浓烟已经冲入屋内，蒙住了许多角落。我第一次拖出来一只大箱子，第二次又回身抢了一个棉被，接着是衣服，桌子，床铺的一部分……可是现在已经迟了，火焰已经蛇舌似的舐到了屋檐，房内睁不开眼睛了，婶母大声地叫喊着，要我们快出去,她怕我们遇到危险。但是我抹了抹眼睛,又冲进去两次,拖出两只箱子来。最后终于被婶母拖住了。

"屋子要塌了呀!"她惊恐地叫着说。

等我刚刚停住在屋外,屋外的人又起了一种新的喧嚷。大家在叫着火已逼近来了,这里正居下风,一切丢在田里的东西还得赶紧搬开,我望望婶母的屋子,火已冒了顶,我站着的地方突然热了起来。

"赶快搬田里的呀!"婶母推着我说。

我立刻又跟着大人们动手了。田上的东西高高低低地堆得太多,到处挡着路。我从这里跳到那里,尽着力气把靠屋子的东西搬完,屋子已经山崩地裂地塌下来。那一股势气,几乎把我窒息死了。但是我一点儿也不害怕,我只是搬动着东西。

火在我身边烧着,也在我身内烧着。我忘记了危险,忘记了自己。我恨不得援助婶母以外,还有力量援助所有的人。

……

我现在成了真正的大人了。在异乡流浪了好几年以后,我回到了故乡,而且做了父亲。我的父亲和母亲现在已经白了头发。

又是一个冬天的下午,我重新听见水龙会的铜锣响。火灾发生在十二里外的一个村庄。我又跟着许多人往那边走了去——但这次不复是奔跑了,我只是略略加速了平时的步伐。我穿着一件丝织的棉袍,因为我是一个读书人,一个文人。我心里很着急,我仍然想脱下这一件累赘的长袍,用最快的速度跑到那边去帮助别人,但是有什么阻住了我,使我觉得这不是我的责任,也不是我能胜任的事了。而且,救火的人可以飞似的往前跑,我不能,我只能以看火者的身份出现在众人的眼前。

于是这一次,当我走到那失火的地方,什么都完了,水龙会已打了转,摆在我眼前的只是些未熄的余烬、枯焦的瓦砾和凌乱的家具。凄惨的哭诉声震撼着我的心灵,我带着失望与悲苦的情绪颓然回到家里。

我的心头一样地燃烧着热的火,但这火现在被什么阻抑着,变成了忧郁的火了。

……

有一个秋末冬初的早晨,我看见我自己挂着泪痕,呆立在一座四层楼的屋顶上。我从来不曾见到这样可怕的大火,我的心也从来不曾受过这样大的恐怖与悲惨的袭击。

我的面前,是一个广阔的世界,广阔的天空,但不是可爱的温和的人的世界,也不是可爱的美丽的天空。唉,那是人间的地狱,魔鬼的天空呵!火焰到处奔腾着,黑烟像是飞舞的巨蛇,它把半边的天空吞没了,隆隆的雷声在地上鸣响,震撼着一切。

那里有数不清的华美坚固的房屋,无法统计的财产,是曾经千千万万的人用血汗经营过的一个繁荣的区域,现在全给敌人毁灭了,被魔鬼的手毁灭了。

我站在屋顶上对着那大火望着望着,自晨至暮,一天又一天,一天又一天,只是望着。我不复知道我看的是什么,听的是什么,脑子里想的是什么,我像失了魂,失了知觉,一会儿哭泣起了,一会儿叫喊起来,一会儿又狞笑起来。我仿佛不是在人间,我仿佛坠入了最深的地狱。

现在,我失却了我的心了。我的心已经被烈火烧成了齑粉,除了狂暴的愤怒,我没有情感也没有感觉了。

……

又是一个冬天的晚边,我看见我自己走回到一个大火后的城市。这里原是我最熟悉的一个地方,大街小巷都曾留下我不少的足迹的,每次当我远远地走近它,我几乎都可以闻到它的一种亲切的特殊的气息。可是这一次,我的鼻子里满是烟火的窒息的气味,大火已经过了五天,还远远地望得见好几处仍在燃烧着。一代一代不晓得经过了多少年发达繁盛起来的城市,现在全毁灭了。我踏着凌乱枯焦的砖瓦走着,一点也辨认不出它原来的面目了,这是一种什么样的灾祸呵,谁也不能估计这一次损失了多少生命和财产。但我硬着心肠日夜在那里徘徊着。我已经没有眼泪可流了,眼泪是徒然的。在这时代,多少人变了禽兽,日夜用飞机大炮来屠杀我们上千上万的人，这火灾又算什么呢！在我的脚下的瓦砾堆中，应该埋葬着许多无辜的同胞，但是我连叹息也抑止住了，我们虽然还活着，谁又知道我们的结局呢！我们的头上不是常常盘旋着魔鬼的翅膀，常常丢下那可怕的爆炸弹来吗？

是的，我身内正在燃烧着猛烈的怒火，对这世界，我们不会再流眼泪，再发叹息了。我只有狞笑。

……

现在，我看见我自己生着可怕的疯狂的病。我有着最坏的脾气，最硬的心肠。我看见过太多太大的火，今晚那远远传来的火警不再能引起我的注意了。这在我只是一个极小极微的遭遇。在这时代，一个人的死亡，一些财产的损失，算不了什么灾祸！

倘若我能活着，能够活下去，谁又能给我暴风一样的力，我一定伸出巨大的手掌，握住所有的敌人的咽喉，一直到他们倒下而且灭亡！

倘若我有那什么也扑灭不了的火种，我一定燃起那亘古未有的大火，燃尽全世界所有残暴卑劣的人群！

……

天呵,是谁毁灭了我的温良的人性,把魔鬼推进了我的胸中的呢?我简直不认识我自己了。呵,给我纯洁的灵魂、慈悲的心肠、多情的热泪,让我从噩梦中醒来吧!

呵,给我纯洁的灵魂、慈悲的心肠、多情的热泪,让我从噩梦中醒来吧!

鲁彦说过,他对善与恶的态度曾经几度变化,他的性格和情感状态又是矛盾多变的。他说:"我的作品倘能够保持着这种的不一致,我倒是喜欢的。"(王鲁彦《关于我的创作》)

唉,可爱的故乡的杨梅呵!
王鲁彦
《故乡的杨梅》